素材採取家の異世界旅行記

MATERIAL COLLECTOR'S ANOTHER WORLD TRAVELS

14

木乃子増緒

KINOKO MASUO

主な登場人物
グルサス親方
ドワーフ族で
鍛冶職人。
お酒とレア素材に
目がない。
タケル
ひょんなことから
異世界で「素材採取家」
となった本作の主人公。
食べることと
お風呂が大好き。
ビー
タケルの相棒の
子ドラゴン。
タケルとカニが
大好き。
レオポルン
コポルタ族の
執政官で、
一族のまとめ役。
えらい。

グランツ卿
アルツェリオ王国
大公閣下。
国を陰から支える
現王の叔父でもある。
腹黒。
アーさん
エルフの郷の執政官。
ブロライト自慢の兄。
ハンマーアリクイ
うんこが
高く売れる珍獣。
見かけた人は
ほとんどいない。

＋　＋　＋　＋　＋

晴れた日にこそ寝坊《ねぼう》して、昼過ぎに起きて昼寝をしたい今日この頃。

たまには二度寝がしたいと常日頃願っているけど叶《かな》わない儚《はかな》き夢。

爽《さわ》やかな朝のモーニングコールは素敵な口臭のベロベロ攻撃。良い夢、悪い夢、全《すべ》てが吹っ飛ぶ強烈な目覚め。ペパーミントの清涼感ある目覚ましが欲しい素材採取家のタケルです。皆さん健《すこ》やかに過ごされていますか？　たまには自力で起きたい。

早速《さっそく》だが、俺は多趣味だ。

前世では映画鑑賞、音楽鑑賞、読書に散歩に旅行にテレビゲームにと、娯楽に溢《あふ》れた世界でその恩恵を大いに受けていた。

その中でも力を入れていたのは、ご当地お土産《みやげ》集め。

旅行先で民芸品やら工芸品やらを買うのが好きなのだ。

北海道の鮭《しゃけ》を銜《くわ》えた木彫《きぼ》りの熊《くま》、福島県の赤べこ、茨城県の笠間焼《かさまやき》の湯飲み、ご当地ナニナニ的なキャラクターものも好きだった。

収集癖があると後々苦労するのはわかる。置き場所とか。置き場所とかね。飾っても埃《ほこり》かぶって掃除大変じゃんとかよくわかる。

しかしなんでだか買ってしまうあの妙な魅力。冷蔵庫に貼るマグネット型の栓抜きとか。それ必要か？　って思うものでもコレクターにはたまらないんだわ。

高速のサービスエリアでは真っ先にキーホルダーコーナーをチェックしたものだ。キーホルダーとかストラップとか、買いやすいんですよね。ちっさいし。

有名な工芸品ならば何でも買っていたわけではなく、ピンとくるものというか、これは欲しいぞと思えるものしか買わなかった拘《こだわ》りもある。どうして買ったのか覚えていない謎《なぞ》物体を玄関に飾っていました。なんというか……前衛的で気色の悪い……剣みたいなでかいオブジェ。あれは今でもどこで買ったのか思い出せない不思議。あるよねそういうの。

そんな収集癖は転生しても続いています。

映画鑑賞は無理になり、音楽鑑賞も気軽にできるようなものではなくなった。

だがしかし、工芸品を買うのは止められなかったのだ。

マデウスには旅行をするという概念がそもそもない。

貴族が領地を視察したり、商人が町から町へと移動したり、そういった仕事上の大移動を旅行とは言えない。

体調不良で隠居《いんきょ》して保養所で暮らすのも旅行とは言えない。

そのためお土産を露店《ろてん》などで売ることはあまりないのだが、貴族や商人は買うこともある。綺麗《きれい》な宝石が付いた花瓶とか壺《つぼ》とか、最先端の流行を追った衣類など。

俺は辺境の地トルミ村から外に出ない村人たちに、村の外で作られた工芸品を見せたかったという大義名分《たいぎめいぶん》のもと、蒼黒《そうこく》の団《だん》の拠点にある広間の棚に飾れるだけのお土産を買っている。

そのうちご当地お土産博物館とか建設しちゃおうかしら、なんて企《たくら》み中。種族特有の工芸品なんて展示したら、珍《めずら》しくて喜ばれるんじゃないかな。

トルミ村でもご当地ストラップを作ってもらおう。ビーちゃんストラップはどうでしょう。絶対可愛い。

王都に赴《おもむ》いた際お土産を吟味《ぎんみ》していた俺に、クレイは「無駄《むだ》なものを」と言ったことがある。

そりゃさ。生きるためには必要はないよな。木彫りの狼《おおかみ》とか、こけしみたいな造形の何かしらの神様の像とか、完全に無駄なものだ。むしろ、荷物になる。

だがしかし、生きるためには無駄だけども、無駄なことこそ大切だと思う俺。

生きているのなら楽しまないと。

俺は何でも入る優秀な鞄《かばん》を持っているのだから、お土産くらい買ってもいいと思うんだ。鞄の性能は最大限利用する。

むしろ鞄にアレコレ入れすぎているのだけども、俺は基本的に心配性だから仕方がない。飲料水入りの大樽《おおだる》が二百個入っているのも仕方がないのだ。

俺の収集癖は蒼黒の団にしっかりと伝染している。

ビーは押し花が趣味だったりする。好きな花を採取してしばらく愛《め》で、特注で作ってもらった全頁《ページ》白紙の本に閉じて収集しているのだ。なんとも可愛い。

クレイは故郷で暮らす息子のギンさんと、ギンさんが引き取って育てている双子にお土産を買うようになった。釣り竿《つりざお》に付けられる疑似餌《ぎじえ》の代わりになるものや、動物がモチーフの人形など、たまに転移門《ゲート》を使ってギンさんたちにお土産を渡しに行っている。

ブロライトも郷《さと》の兄姉《きょうだい》たちにお土産を買っていた。何か……よくわからない生き物が描かれた大皿とか。地獄《じごく》からの使者が持っていそうな黒紫色の小刀《こがたな》とか。店で売れ残って数年は経過していただろうものを好んで買うんだよな。ブロライトの好みなのだろうけども、アメーバみたいな茶色の何かが描かれた壁掛《タペストリー》けをもらったアーさん、笑顔が引きつっていた。

スッスは蒼黒の団に入ってから無駄なものを買う楽しさに目覚めた。

日々の生活と仕送りとに追われていたスッスは、仕送りの額を増額しても余る依頼報酬額に戸惑いつつも、生活必需品以外のものを買っても余裕があることに気づいた。

蒼黒の団は三食おやつ付きで絶対に食に不満を持たせないことをモットーとしているため、スッスは買い食いをしなくなった。俺は食うことも好きだから買い食いしまくっているんだけども。

生活に余裕が生まれれば、次に必要なものは趣味だと思う。

それは俺が元日本人のせいなのか、余裕のある生活を送れているからこそ思うのか、それはわからない。

趣味が無駄なことなら、俺は無駄なことにこそ心血《しんけつ》を注ぎたい。

無駄なことを楽しむために仕事をし、稼いでいるのだから。

ご当地キーホルダーや人形をアルツェリオ王国内に流行《はや》らせたいと企《たくら》んでいる俺は、まずはトルミ村で反応を見ることにしている。トルミ村の特産品にしてしまっても良いし、小物作りは外で作業ができない人の小遣《こづか》い稼ぎにもなる。

村には木工細工が得意なエルフ族がいる。彫り物が得意なコポルタ族もいる。金属に関することはドワーフ族に聞けばいい。魔法や魔道具《マジックアイテム》はユグル族に相談だ。

各領地の名産品や名物料理をモチーフにしてもいいし、種族別マスコットなんてのも作っていいんじゃないかな。コポルタストラップは俺が買う。

一つ買ったら満足してしまうかもしれないが、似たような意匠《いしょう》で似たような小物を各領地で販売するのだ。もしかしたら揃《そろ》えたいと思う貴族が出てくるかもしれない。いや、グランツ卿《きょう》は嬉々《きき》として揃えそうな気がする。

お金がある人にはお金を使ってもらい、お金が必要な人にはお金を稼いでもらう。

やりたいことは多々あるのだが、やらなければならないことのほうが多い現実。

ルカルゥとザバを故郷の国まで送っていくためには、有翼人《ゆうよくじん》の末裔《まつえい》であるエステヴァン子爵《ししゃく》が所有する導《みちび》きの羅針盤《らしんばん》という魔道具《マジックアイテム》が必要となる。

だがしかし、導きの羅針盤はバリエンテの大穴《おおあな》という名の巨大洞窟内に保管されており、おまけにその洞窟にはモンスターがわらわらと。

ランクS＋の凶悪モンスター、巨大モグラことコルドモールが闊歩《かっぽ》する洞窟内で、大きな垂れ耳が特徴のうさぎ種族、アルナブ族と邂逅《かいこう》。

兎《うさぎ》獣人の始祖であるアルナブ族は、ふわふわの毛皮を纏《まと》った見た目完全にうさぎさん。新しいもっふり種族じゃないかと喜ぶ間もなく闇《やみ》ギルド所属の盗掘者がコルドモールから逃げているのを発見。はい、面倒事が飛び込んできました。

盗掘者は導きの羅針盤を狙っていたらしく、俺たちが入ったバリエンテの大穴があるマティアシュ領ではなく、お隣のガシュマト領から侵入。犯罪者集団の闇ギルド所属だというから話がややこしくなった。

おまけに俺たちが今いる洞窟内、アルナブ族の避難所から外に出ればそこはガシュマト領という驚き。

導きの羅針盤はコルドモールが食っちゃって、お腹《なか》で大切に保管中。なんで食うのさ。

怯《おび》える数百人のアルナブ族たち。

必死で逃げる盗掘者。

1　さて、どうするよ

薄暗い穴の中では天井からぱらぱらと土砂が落ち、脆《もろ》い部分は少しずつ崩れている。

ずしん、ずしん、という不気味な足音と。

がりがり、ごりごり、という壁を削りながら進む音。

垂れ耳うさぎ族――アルナブ族たちは展開された結界内に避難しているが、大地が揺れ、天井が崩れそうな状況に怯え、身体の震えが治まらないようだった。

壁の中をでっかいコルドモール《モグラ》が移動しているせいで、アルナブ族たちの避難所としている巨大な空間は崩壊寸前。だが、結界魔石が機能し続ける限り命の危険はない。

もしも天井が崩落しても、結界魔法を展開してから全員に浮遊魔法をかけ、上へ上へと目指せば脱出は可能。出た先がマティアシュ領のお隣さん、ガシュマト領っていうのが困るけども。

追尾魔法をかけたコルドモールは壁の中をゆっくりと移動中。

ゆっくりと言っても決して動きを止めることはなく、がっしんがっしん岩盤《がんばん》を掘り進めているだろうから振動が酷《ひど》い。

何かを探しているのか、それともただ本能で歩いているのか。

アルナブ族の避難所に近づいたかと思えば遠ざかり、再びこっち来るかな？　と思えば更に遠ざかる。

こんな状況下で暮らしてきたアルナブ族はどれだけ恐ろしい思いをしてきたか。

ルカルゥは俺のローブの下で震えていた。大丈夫だよという思いを込めてルカルゥの頭を撫《な》でると、もふりとした感触が腕に纏わり付く。

「タケル様、タケル様、あのならず者たちは起きないとのことです？」

「ピュイッ！」

俺の手と腕に巻き付くようにザバがぬるりとしがみ付き、そのふわふわボディをビーが引き剥がそうとする。しかしザバは俺の手首にぐるぐると絡み付く。ビーは更に激高《げきこう》して騒ぐ。そんなところで争わないで。

ザバが指さす先には、結界内の端っこで昏倒《こんとう》している盗掘者二名。

俺が穏やかな夢を提供したため、彼らは微笑《ほほえ》みながら夢を見ている。

クレイが縄で念のために縛ってくれたが、俺が起こさない限り眠り続けるだろう。無駄に騒がれるよりマシだ。

コルドモールがモグラのモンスターならば、目は見えないのだろう。もしくは暗闇の中で目は必要ないのかもしれない。代わりに嗅覚と聴覚が発達していて匂《にお》いや音に敏感だとしたら、静かにしなければ。

「起きないから大丈夫。ビー、あんまり大きな声で叫ぶなよ。モグラを呼ぶことになるから」

「ピュイッ」

「ザバも小さい声で喋《しゃべ》ってくれよな。ほら、ルカルゥが怯えているだろう？　落ち着かせたいから襟巻《えりまき》になってくれ」

「ややや、これは失礼しましたことで」

そう言いながらルカルゥの首に巻き付いたザバは、そのまま沈黙。ルカルゥはザバが定位置に戻ったことで少し安心したようだ。

「ピュイ？」

ビーの頭とルカルゥの頭を撫でていると、ビーは安眠中の男たちをどうするのと聞いてくる。

「指名手配の賞金首だから、生きたまま冒険者ギルドに突き出したいな」

マティアシュ領の領主であるエステヴァン子爵の家宝を狙い、バリエンテの穴――いや、お隣のガシュマト領から侵入してきたのだろう男たちを誰が逃《のが》すものか。

俺とビーが安眠中の男たちを眺めていると、ブロライトがよっこらしょと腰を上げる。

「賞金首なのじゃから、首だけ持っていけば良いのではないか？」

「物騒《ぶっそう》なことを笑顔で言うんじゃないよブロライト。ジャンビーヤしまいなさい。賞金首っていうのは生きたまま捕らえたほうが良いんだ。闇ギルドの情報とか、誰に雇われたのか、情報を持っているだろう？　そういうのを聞き出さないと」

「おお。なるほどな！」

エルフっていうのは神秘《しんぴ》の種族で穏やかに霞《かすみ》を食って生きていそうなイメージだが、どっこいマデウスのエルフは完全なる肉食狩猟民族。

これでもブロライトは穏やかな性格ではある。しかし、エルフの中には敵ならば殺しちゃえ、という危険思想を持った奴がいたりするのだ。誰とは言わないけどベルクさん。最近優しくなったけど、初対面では俺たち殺されそうになりました。

「我らの足枷《あしかせ》になるようならば首を、と思っておったのだが……」

クレイまでもがそんな物騒なことを呟《つぶや》き、俺は焦《あせ》る。

首をどうする気だ。切ってお持ち帰りするの？　誰が？　もしかして俺の鞄に入れるつもりじゃないだろうな。食材は入れても、その他の有機物は入れませんよ。俺が作った魔法の巾着袋《きんちゃくぶくろ》にも入れさせないからな。

戦国武将の首打ち取ったりぃ、と太陽《たいよう》の槍《やり》に首をぶら下げて闊歩するクレイを想像して肩を落とす。似合う。

「情報を得るまでは殺しちゃ駄目」

鞄から串焼き肉を取り出し、スッスを含めた三人に一本ずつ進呈。ビーにも渡し、ルカルゥにはワサビ飴《あめ》とキノコグミを渡した。

俺たちはスッスが作ってくれた豚汁を食べたばかりだが、腹五分目くらいだったのでまだ食える。

腹が減っているから考える余裕がなくなっているんだよ。首を切る前にできることを考えようじゃないか。

スッスは腰に付けているポーチから小さな小さな黒い瓶《びん》を取り出した。

「情報を聞き出せばいいんすよね？　それなら、おいらが尋問《じんもん》するっすよ」

「じんもん」

「そうっす。口が軽くなる薬をいくつか持っているっす」

「口が軽くなるお薬……」

加減が難しいので死ぬかもしれないのがちょっと怖いっす、なんてスッスの口から聞きたくなかった。スッスの考えが暗殺者っぽいんだけども、スッスは暗殺者ではないよな？　忍者《にんじゃ》って暗殺もしていたんだっけ。いや、スッスは暗殺者ではなかったはず。たぶん。自白剤《じはくざい》なんて誰に渡されたんだ。

マデウスでは犯罪者で指名手配犯で賞金首ともなると、存在に価値はないと判断される。悪いことをしたのなら処刑されても仕方がない、モンスターに食われるよりはマシ、みたいな考えが当たり前にある。

無論、万引きとか詐欺《さぎ》とか、軽犯罪に対する処罰もある。

被害者の命を奪わないまでも法を犯す真似をすれば、犯罪奴隷《どれい》へと落ちる。それでもまだ情状の酌量《しゃくりょう》があると思われているからこそ、奴隷という身分でいられるのだ。

奴隷にも格差があり、重犯罪奴隷、軽犯罪奴隷、借金奴隷、などなど扱われ方が違う。

借金奴隷は借金を返すために労働をする。経験や知識がある人ほど貴重な労働力とされ、寝食は保証されるのだ。健康診断も受けられる。奉公時期は借金の額で決められ、早ければ一年も待たずに奴隷から解放されることもある。

軽犯罪奴隷は借金奴隷よりも扱いは悪く、だけど寝食は保証されている。最低限食わせないと働けないからだ。大体が畑仕事や建築業などといった重労働に回され、冬の寒い時期などで命を落とす奴隷が多いそうだ。なお、怪我や病気で医師や治癒術師を派遣されることはほぼない。

重犯罪者奴隷は最早《もはや》人として扱われることはない。鉱山で死ぬまで働かされ、食事は質素なものを日に二回。仕事を怠《なま》ければ鞭《むち》を打たれ、反論すれば殴られ、死ねば穴にまとめて捨てられて燃やされる。新しい薬を開発するための人体実験にされるのも重犯罪者奴隷だ。

身分の高い者から命は尊《とうと》いものとされ、続いて金持ち、その次に庶民。

貴族が一言、庶民のコイツが犯人だ、ジャジャーン、なんて言ってしまえばもうそいつが犯人。無実だとしても、貴族の言うことは絶対。

一応裁判は行われる。一応。形だけ。

金のある人は自分より上の権力者などに協力を求め、裁判に勝とうとする。

しかし、庶民は裁判費用など支払えるわけもなく、金持ち相手には泣き寝入り。

冤罪《えんざい》で奴隷に落とされたり、死んだ人とかめちゃくちゃいるんだろうな。

庶民の命は軽視されている。

しかし、貴族が悪事を働けば庶民よりも重い処罰になる。

犯罪者の命は軽い。塵芥《ちりあくた》のような、ゴミ扱いされるのがアルツェリオ王国での常識。他の国の事情は知らないけれど、他の国も君主制らしいので犯罪者の扱いは似たような感じなのではないかな。

俺の考えは前世の日本の記憶ありきなので、犯罪者を見つけたらとっとと殺す、なんてことはしない。

だがしかし、人類皆平等、誰の命も尊いもの、なんて綺麗事は言わない。

スッスに串つくね甘辛《あまから》味を渡し、俺も皿に盛ったごぼうのから揚げを食う。

「スッス、今ここで口が軽くなるお薬を使うのはよろしくない。俺たちだけではなく、第三者の、ギルド職員の目があるところじゃないと情報の信憑性《しんぴょうせい》がなくなる」

「でも、蒼黒の団の証言には信憑性があるっすよ？」

「それよりもウェイドさんやグリットさんの前で情報を引き出したほうが、懸賞金の額が上がるだろう？　指名手配犯の扱いってそんな感じだった気がする」

「あ。そうっすね。死んだ奴よりも生きている奴のほうが懸賞金が高いっす」

ギルド職員であるスッスは指名手配犯の懸賞金事情も知っているのだろう。つくねを食べつつ即座に脳内で計算をしたようだ。

「三人とも、まずはこの洞窟から外に出ることを考えよう。アルナブ族の避難を第一に、どこに避難をするのか。次に導きの羅針盤の確保、コルドモールを倒せるかどうか。盗掘者たちはついでのついで。生きて連れ帰ればいいかな、程度で。どのギルド所属で誰に頼まれてここに来たのかは俺が調べたから」

「ピュイ！」

ビーが元気よく賛成のお返事。

「なんじゃ。タケルは情報を得たのか。それならばやはり」

「殺しません。ジャンビーヤしまいなさいブロライト。アイツらに浮遊魔石をくっ付けて、縄で引っ張れば連れていけるだろう？　俺が引っ張っていくから」

まだ首を落とそうとするブロライトを座らせる。

賞金首を連れ回すのが危険なのはわかっているのだが、盗掘者たちが持つ情報は貴重だ。

安眠中の盗掘者たちは、ユゴルスギルドという犯罪者組織に所属している犯罪者。奴らはS＋ランクのモンスターであるコルドモールに追われていた。

なぜ追われていたのか、どこからバリエンテの穴に入れたのか。

ユゴルスギルドはガシュマト領に潜伏中。ガシュマト領公認なのか非公認なのか、そこまでの情報を得ることはできなかった。

調査《スキャン》先生は対象者が「知っていること」を教えてくれるが、「知らないこと」までは教えてくれない。

俺が調査魔法《スキャン》が使えるのを知るのは、グランツ卿や国王陛下といったごく一部の人のみ。グランツ卿にはうかつに調査魔法《スキャン》のことを言うなと厳命されてもいる。

トルミ村に来たユグル族の一部にも調査魔法《スキャン》が使えるようになったのは内緒。気がついたら使えるようになったというのだから、ユグル族の探求心と努力に感服した。

ベルカイムのギルドエウロパの受付主任であるグリットには、俺の探査魔法《サーチ》や調査魔法《スキャン》のことが知られているかもしれない。あの人聡《さと》いから。だけど指摘するまでもなく黙っていてくれているのは、ギルドの方針なのかグリットの良心なのか。

調査魔法《スキャン》のやり方を教えてくれと言われないのは助かる。魔法のことをよくわかっていない俺が、魔法を教えられるわけないので。

盗掘者から情報を得る手段は調査魔法《スキャン》以外にもある。お口が軽くなっちゃうお薬とか、惑わせるような魔法とか、考えたくはないけれども拷問《ごうもん》とかね。

あくまでも盗掘者たちの首を取らないようにと俺が改めて三人に言うと、クレイは深く深く息を吐き出した。

「お前の優しさは時に危《あや》うい」

今まで散々言われていることを改めて言われてしまったが、俺は目を薄めてうっすらと笑った。

首を切って持って帰れば楽だろう。

しかし、散々《さんざん》悪さをしてきた連中を楽にして何になる。

悪事に手を染めるには理由が、などと甘いことはマデウスでは通用しない。全てが自己責任であり、全てが自業自得《じごうじとく》となる。

故郷での暮らしがつらくて都会に出て、だけど仕事がなくて落ちるところまで落ちた、なんて話はたくさん聞いた。食うに困り罪を犯してエウロパから追放された冒険者の中にも数多《あまた》いる。

しかし、仕事は選ばなければあるのだ。それこそ冒険者ギルドに登録して素材採取家になることだってできる。いや、努力は必要だけども。

日々をなんとか生きられるだけの金銭は得られるのだ。快適に生きるか、それとも日銭だけを稼いでギリギリで生きるかは自分次第。

努力を怠《おこた》って楽な道楽な道へと自分で進んだくせに、誰かのせいにして自分は被害者だと主張する人は冒険者ギルドに必要ありません。

とは、グリットの言葉。

至極不愉快そうに言っていたっけ。

「あの二人は犯罪者。数々の法に触れたお尋ね者だ。首を切ってそれでお終《しま》い？　いやいや、情報を持っているなら全て引き出すんだ。利用できるものは最大限利用しないと」

アルツェリオ王国に司法取引なんてものは存在しないから、情報を喋った犯罪者がどうなろうと俺には関係ない。

俺は優しくないのだ。

俺が優しいのは、優しくしたい人限定だ。

見知らぬ人にまで優しくする必要はないというか、そこまで責任持てないというか。

チームの方針としては多数決で首切り決定なのだが、チームの利益のことを考えれば情報を引き出して依頼達成としたほうが良いと思う。

クレイは目を瞑《つむ》りながら串焼き肉を食べてしまうと、しばらく咀嚼《そしゃく》してからゆっくりと嚥下《えんげ》した。

「……そうであるな。犯罪者を生きたまま連れて帰る危険性ばかり考えておったが、お前の規格外の魔法があればそれも可能なのだな」

「そうそう。フワッと浮かせてグッと引っ張ればいい。どこかにぶつけちゃっても回復魔法で治せるし」

盾魔法で守ってやってもいいが、俺にそこまでの余裕があるかどうか。

魔法の修業は続けているんだけども、魔法の同時展開は集中力が必要となる。

盗掘者たちを眠らせながら浮遊魔法で浮かばせ、襲ってくるモンスターの対応をするのはとてもとても疲れるのだ。

「指名手配犯は首を切るものだと思うておったのじゃが、タケルのような考えもあるのじゃな。スッス、懸賞金は本当に変わるのか？」

ブロライトも串焼き肉を食べ終わり、口元を布で拭いながらスッスに問う。

「変わるっす。手配犯は死んでいても生きていても懸賞金の額は変わらないんすけど、手配犯が持っている情報によって金額が上がるって聞いたっす」

犯罪者を連れ回すのはリスクがあるからな。懸賞金の上乗せはギルドからの「これからもよろしくね」という意味もあるのだろう。

「お前が魔法で連れて帰ると言うのならば、我らはそれに協力するまで。手配犯を捕まえた蒼黒の団の評価も上がろう」

クレイが苦く笑うと、ブロライトとスッスが釣られて笑った。

「ピュイ？」

俺を心配そうに見上げるビーの気遣いが嬉しい。

わかっているよビー。

犯罪者だろうとなかろうと、俺は人の命を奪う行為が怖いだけだ。

マデウスでは甘い考えだということはわかっている。だが、この拘《こだわ》りだけは捨てたくない。

俺は恵まれた力を持ってマデウスに来た。便利な魔法が扱えて、優秀な鞄があって。

もしも、この力をもらえなかったら。

俺自身が犯罪に手を染めていたかもしれないのだから。

虹《にじ》色のドーム状に展開している結界の上には、小石や砂がひっきりなしに落ち続け、時折拳《こぶし》大の石も落ちている。

しかし、振動と音がうるさいだけでコルドモールが襲ってくるような気配はない。アルナブ族たちは声を出さないように必死に耐え続けている。

アルナブ族は見た目がふわふわのうさぎだから、恐ろしく庇護欲《ひごよく》をかきたてられてしまう。いやいや、彼らは立派な種族。許可なく触れるのはご法度《はっと》。

危険なモンスターだらけの洞窟内。巨大モグラが徘徊《はいかい》する緊張感。

今すぐに洞窟が崩落するわけでもないし、コルドモールや他のモンスターが襲ってくるでもない。

それなら今後のことを考えねば。

「さて、どうしよう」

「ううむ」

クレイは腕を組み、難しそうに唸《うな》る。眉間《みけん》の皺《しわ》は深くなるばかり。

「我らの今おる場が、マティアシュであれば話は早かった……」

なにそれ。

ブロライトと俺は全くわかっていない顔をしているが、スッスはクレイの唸りに頷いた。

「はい、質問。ガシュマト領に出ちゃいましたごめんなさい、じゃ駄目な理由とは」

俺が問うと、クレイは俺を睨む。怖いよ。

「ガシュマトの現領主であるフォールグスタ伯爵は良い噂《うわさ》を聞かぬ。何かにつけてマティアシュに言いがかりをつけては王に諫《いさ》められておるのだ。王、というよりグランツ卿がフォールグスタ伯爵を毛嫌いをしておる」

「悪い噂っていうのは、もしかして闇ギルドってやつ？」

「うむ。よう知っておるな」

「調査《スキャン》先生が教えてくれた。ええっと……ガシュマト領サングに潜伏。エントル商会長ドンド焼き……みたいな名前の人に雇われたみたい」

「サングのエントルしょうか、ぶ！」

「ピュピュ」

俺が調査《スキャン》先生に教えてもらったうろ覚えの情報を口にすると、スッスが思わず大きな声を出してしまった。しかし、ビーに口を押さえられて黙る。

スッスは目を瞬《まばた》かせ、懐《ふところ》から小さな白い手帳を取り出してビーに見せた。手帳いくつ持っているの。

ビーがスッスの口から手を離すと、スッスは申し訳ないと頭を下げた。

「サングのエントル商会っていうのは、ガシュマトで一番の大店《おおだな》なんす」

スッスは手帳を開くとエントル商会について教えてくれた。

サングっていうのはガシュマトの首都。ルセウヴァッハ領にとってのベルカイムみたいなところだ。

その街で幅を利かせ、領主であるフォールグスタ伯爵の従妹《いとこ》だというドンドヴァーラという女性がエントル商会の商会長。

金にがめつく、せこく、ケチで、それでいて浪費家で、貴族ではないのに己は貴族だと言い張っている。

「そのような女がよう商会長など務められるな」

ブロライトの疑問もわかる。

そもそも貴族ではないのに貴族だと言い張るのは犯罪だ。

アルツェリオ王国において貴族というのは、直系の当主家族のみをいう。しかも、爵位を持つのは当主のみで、妻や子は当主の家族というだけ。

当主の兄弟姉妹はあくまでも当主の兄弟姉妹。貴族の親戚だからといって大きな顔をしたり、貴族の名のもとに他者を虐《しいた》げる行為は許されていない。

貴族は庶民によって生かされている身だ。血が尊かろうと伝統があろうと、国を守り、民を守り、己を律《りっ》しなければならない。

アルツェリオ王国における貴族というのはそういった存在なのだが、中には己に絶大な権力があるものだと勘違いして悪政を強《し》いる貴族もいるわけで。

「貴族じゃないけど貴族の親戚って言えば、庶民は恐れるからかな？」

「兄貴の言う通りなんす。なんせ領主様のお血筋っすからね。それに、エントル商会そのものも大きな商会っすから、商業ギルドでの発言権が強いんす」

「商業ギルドに登録しているの？　闇ギルドが同じ領内にあるのに？」

「闇ギルドの存在は極秘っす。それに、ガシュマト領には冒険者ギルドもあるっすよ。ギルドパンドラっす」

おおう……

それは開いてはいけない箱を開けてしまった女性のお名前。

エントル商会の商会長が闇ギルド構成員に依頼して、エステヴァン子爵の宝を盗もうとしているだなんて。

隣接した領同士の揉め事になりそうな、いやきっと確実になるだろう案件。

「兄貴、サングに闇ギルドの本拠地があるんすね？」

「ユゴルスギルドって呼ばれているらしい。あの盗掘者たちはそこの所属」

「ユゴルスギルド……ギルドの名前は師匠《ししょう》たちにも知らせていいっすか？　闇ギルドがあることは知っていたんすけど、隠れ方が巧妙でリルウェ・ハイズでも闇ギルドの全容は把握していないんす」

諜報《ちょうほう》を得意とする忍者集団が知らない闇ギルドとは。

スッスの問いにはクレイが頷きで返した。

リルウェ・ハイズはスッスが修業をつけてもらった小人族の隠密《おんみつ》諜報部隊。スッスが師匠たちと呼ぶのは、スッスのような忍者装束《しょうぞく》を纏ったリルウェ・ハイズたちのことだろう。俺は勝手に諜報部員のことを忍者と呼んでいる。

訓練された小人族の忍者は冒険者ギルドなどには所属しておらず、一部の高位貴族の護衛や侍従などに扮《ふん》して主人に仕えている。

だがしかし、どれだけ格の高い貴族が相手であっても従う相手を選ぶのだという。

高潔《こうけつ》なる忍者は仕えるに値しない者には決して従わない。

国内随一の目と耳と素早さを誇るリルウェ・ハイズの情報網は、アルツェリオ王国だけに留まらないらしい。大公閣下が重宝《ちょうほう》している忍者集団は、大金を支払っても雇いたい存在。

スッスは腰の小さなポーチから白い卵のようなものを取り出すと、それを己の額《ひたい》にぺたりとくっ付ける。

目を閉じて呟き、しばらくすると目を開けて白い卵を天井へと放り投げた。

卵割れちゃうんじゃないのと思っていたらば、卵は中空でぺちりと割れて灰色の小鳥へと羽化。鳥はそのまま天井の隙間《すきま》から出ていってしまった。

初めて見る魔法だ。

「古代の魔法じゃの。見事な出来じゃ」

ブロライトが感心しながら言うと、スッスは驚きに目を見開く。

「そうっす。組織の最重要機密なんすけど、ブロライトさんはご存じなんすか？」

「わたしはこれでもエルフじゃぞ？　アルツェリオ創国以前の古代魔法もいくつか聞いておる。あれは伝達の魔法じゃ。伝達用の魔石に思いを込め、放てば良い。とても繊細で難解な構造をしておる故《ゆえ》、今では殆《ほとん》ど使われておらぬがな」

つまりはお手紙？

いや、思いを込めて放つのだから、電話かな。

スッスが卵型の魔石を額にくっ付けて何かを呟いていたのは、伝えたい言葉を魔石に乗せていたのだろう。

俺には通信石があるので伝達魔法は使わないが、伝達魔法は限られた人にのみ伝わるよう細工されている魔法。きっと俺が使う魔法よりも作るのが難しく、使うのが面倒くさい仕組み。

その魔法をあえて使っているということは、諜報活動する際に都合が良いのだろう。ただの伝統かもしれないけども。

「こういう場合、誰に相談すれば良いのかな」

俺がぽつりと呟くと、全員が黙ってしまった。

ルカルゥだけは浮遊座椅子に深く座ったまま静かに眠っている。ルカルゥの襟巻になっていたザバも熟睡しているのか、でろりと蕩《とろ》けてルカルゥの膝《ひざ》で大の字。ぽっこりお腹が上下に揺れていた。

「……エステヴァン子爵であるレムロス夫人ではないのか？　我らは今、マティアシュで世話になっておる身なのじゃから」

ブロライトが答えると、クレイは顔を顰《しか》めて腕を組む。

「我らの所属はエウロパであるぞ。ならばルセウヴァッハ領主たるベルミナントに話を通すのが筋《すじ》であろう」

クレイはそう言うが、俺としてはベルミナントを巻き込みたくない。

本来ならばブロライトの言うように、マティアシュ領の領主であるレムロス夫人に報告をするのが正しいのかもしれない。

だがしかし、今回は俺たち蒼黒の団の問題。

ルカルゥとザバの二人を故郷であるキヴォトス・デルブロン王国へと送り届けたいため、情報を探っている最中なのだ。グランツ卿からハンマーアリクイを生きたまま捕獲という依頼を名目にし、マティアシュ領に来たのだから。

ハンマーアリクイを探しに来たのになんでバリエンテの穴に潜ってんだ、と追及されたら少々困る。

バリエンテの穴に隠された導きの羅針盤を探すついでに、モンスター退治をしておりますんですよ、なんて言えない。

凶悪なモンスターが溢れるバリエンテの穴を放置していたエステヴァン家の秘密が公《おおやけ》になってしまう。

導きの羅針盤はキヴォトス・デルブロン王国がある空飛ぶ島へと導いてくれる魔道具《マジックアイテム》なのだが、これは有翼人リステイマーヤの末裔であるエステヴァン子爵家の宝。

エステヴァン子爵が有翼人の末裔であることは秘密にしなければならない。ついでに、マティアシュ領が今なおキヴォトス・デルブロン王国と貿易をしていると知られれば恐ろしいことになるだろう。

空飛ぶ人たちの空飛ぶ島。

王家が所有する貴重な文献にもほとんど記録が残っていなかった幻《まぼろし》の民《たみ》、有翼人種《ディアナーガ》。

貴族の間で高額な取引がされているデルブロン金貨を扱っている国。

今でも金貨を扱っているかはわからないけども、あの美しい金貨を造った国であることは収集家たちの間では有名なお話。

「全部俺の想像に過ぎないんだけど、レムロス夫人が有翼人の末裔だと知られると……もっと面倒なことになりそうな気がするんだ」

俺が心配性だからかもしれない。だが、最悪を想定しておかないと不安でならない。

「有翼人の末裔がマティアシュにおるのじゃと知られれば、その姿を一目見ようとする輩《やから》が湧《わ》いて出るじゃろうな」

「……うむ。トルミにエルフ族とユグル族が数多《あまた》おるからというて、見物人が村に詰めかけたのは記憶に新しい」

ブロライトとクレイがげんなりと呟くと、スッスは手際よくお茶のお代わりをカップに注ぐ。

エステヴァン子爵が導きの羅針盤をしっかりと管理していたら、バリエンテの穴にコルドモールが現れることはなかったかもしれない——なんて過ぎたことを言うつもりはない。

俺たちがバリエンテの穴に来たからこそ、アルナブ族に出会えたのだ。

「貴族同士の諍《いさか》いに巻き込まれるような気がするから、俺としてはグランツ卿に言っちゃったほうが話は早いかなと思います」

「ピュピュゥ」

国王陛下の次に発言権がある大公閣下へチクってしまえば、秘密裏に動いてくれそうな気がするんだよな。

国の最高峰を味方につければ、もろもろ安心かなという打算もあります。

「あー……それもそうじゃな」

「グランツ卿ならば貴族の諍いも諌めてくれるやもしれぬな」

グランツ卿の名前を出すと、二人は遠い目をしながらも同意してくれた。

＋　＋　＋　＋　＋

コルドモールが完全に去り、静けさが戻った。

虹色に光る結界ドームのなか、アルナブ族は一人、また一人と顔を上げて辺りを見渡す。

まだ警戒を解くわけにはいかないが、アルナブ族はようやっと呼吸ができるとばかりに息を吐き出した。

俺たちをアルナブ族の避難所まで案内してくれたユムナは、静かに涙を流していた。

「こわくて、こわくて、たまらなかったの。だけど、旅人さんたちは、わたしたちを助けてくれて、うれしくて」

「ピュイ、ピュイ……」

「たくさん、旅人さんがきたけど、みんな、死んでしまって」

「ピュゥゥ……」

「いつか、わたしたちを助けてくれる旅人さんがくるって、わたしたちは、ずっと、ずっと、待っていたの」

「ピュイイイ〜〜〜」

ユムナが嗚咽《おえつ》交じりに話すと、ビーが釣られて泣きだす。

ビーが泣きだすとアルナブ族の子供たちが泣きだし、親に伝染し、気づいたら全員泣いていた。

豪快に泣くスッスとブロライトはともかく、クレイは泣くのを我慢するな。目をガッと見開いて怖い顔になるんだから。

ユムナが初対面の俺のことを「知っている」と言ったのは、願いを込めてそう言ったのだろう。

故郷を追い出され、洞窟に迷い込み、外への道をモンスターによって封じられてしまった。

助けてくれる人を探して、失って、期待をして、絶望して。

心がどれだけ疲弊《ひへい》しても一族肩を寄せ合い、生き続けた。

「ずびっ、我らができ得《う》る限りのことをいたそう」

クレイが鼻をすすりながら言うと、小さくてふわふわした子供たちが一斉にクレイへと飛びつく。

さすがアルナブ《うさぎ》族、跳躍力がすごい。クレイの身体があっという間に白いもふもふだらけになった。

結界魔石はこのまま維持し続けることにし、ひとまずの休憩。

アルナブ族は草食なので、温かいお茶を提供しよう。俺特製ブレンドの煎茶《せんちゃ》もどき。味は時々ほうじ茶に近くなるが、色味は綺麗な新緑色。

洞窟内にさらさらと流れる小川。

時々水面に跳ねるフニカフニ。

フニカフニは美しい瑠璃《るり》色の鱗《うろこ》を持つ、鱒《ます》のような鮭のような魚だ。かなりしゃくれている。食用可。あとで採ろう。

水が綺麗な川にしか生息しない小型のモンスターであり、雑食ではあるが苔《こけ》や藻《も》などを好む。人を襲うことはないが、臆病で警戒心が強く泳ぎが速い。

スッスはフニカフニから落ちた鱗、フニカボンバを採取中。アルナブ族も率先してスッスの手伝いをしてくれるため、スッスの採取籠《かご》は既《すで》にフニカボンバでいっぱい。

フニカボンバからは虫除《よ》けの薬が作られるらしいので、採取できるだけ採取するんすと息巻いていたスッスにとっては嬉しい悲鳴だろう。

まだまだ落ち着かない空間なのだが、俺は緑茶を片手に岩の上に座る。

クレイも地面に腰を落とすと、続いてブロライトも胡坐《あぐら》をかいた。

「第一はアルナブ族の避難であるな」

結界内でくつろぐふわふわ集団を眺めながら、ふわふわにまみれたクレイが眉間に皺を寄せて言う。その顔も怖いから。

「そうじゃな。導きの羅針盤も大切じゃが、わたしもアルナブ族を優先にするべきじゃと思う」

頭と両肩と膝にアルナブ族の子供たちを纏ったブロライトは、子供たちの柔らかな毛を撫でている。

アルナブ族の避難所から地上に出るには、選択肢は三つ。

一つ、転移門《ゲート》でトルミ村に避難。

一つ、バリエンテの穴の入り口まで転移門《ゲート》で避難。

一つ、最短距離で脱出。

毎度お馴染《なじ》みトルミ村にアルナブ族ごと移動してしまうのが、一番簡単な方法だ。

あの優しい村は様々な種族が住んでいる。最近では北の大陸からユグル族とコポルタ族が団体でやってきたのだが、村の住人らはようこそ辺境の村へと大歓迎してくれた。

もちろん、アルナブ族を匿《かくま》ってもらうのだから滞在費や食費などは蒼黒の団が持つつもりだ。

そうはいってもアルナブ族は小食だからな。大きな白菜の葉っぱ一枚でお腹が満たされるため、一族全員の食費は俺たち蒼黒の団総員の一回の食費の三分の一くらい。もっと少ないかもしれない。

「いきなり大勢の前に連れていくのは不安ではないか？」

「クレイの不安はもっともだけど、一時避難ということで慣れてもらう。人前に出るのが怖いなら、拠点の広間に滞在してもらおう」

クレイの揺れる尻尾《しっぽ》に跨《また》がって遊ぶ子供たちを見ると、そう不安にならなくても大丈夫じゃないかな。

だってクレイの顔は怖いし、背も高いし筋骨隆々《きんこつりゅうりゅう》だし、見た目は完全に勇猛果敢《ゆうもうかかん》な戦士。ベルカイムのチンピラはクレイの顔を見て逃げ出すほど、纏うオーラは凄《すさ》まじい。

それなのにあのふわふわうさぎたちはクレイのごん太《ぶと》尻尾でキャッキャ遊んでいるんだぞ。警戒心どこへやった。

「先《ま》ずはタケルがトルミの村長に繋《つな》ぎをつければ良かろう」

「任された」

俺が転移門《ゲート》でトルミ村に行ってアルナブ族を全員避難させる。

盗掘者二人も連れていくのだから、転移門《ゲート》で移動したほうが安心安全ではあるな。

今の時間……はわからないけど、誰かしら拠点の広間で酒盛りか飯食ってダラダラしているはずだから、そのまま事情を話して村長のところまで誰かに走ってもらう。

前回は連絡もせずユグル族とコポルタ族を連れていってしまったので、かなり驚かれてしまった。

突然の大勢の避難民の対応に仕事を放り出した人もいる。

俺も一応遠慮《えんりょ》とか、配慮とか、そういうこと考えているのです。

次にバリエンテの穴の入り口に転移門《ゲート》で移動する、という選択肢。

「バリエンテの入り口に出るのは得策とは言えぬじゃろう。私は反対じゃ。アルナブは希少な種族故、万人の目に晒《さら》すわけにはならぬ」

希少種族の一人であるエルフが言うのだから、二つ目の案は却下。

ブロライトは今でこそ人にジロジロと見られるのに慣れてしまったが、アルナブ族たちは森の奥で暮らしていた種族。純粋無垢《じゅんすいむく》で悪意を知らないまま暮らしていたせいか、盗掘者に助けを求めてしまう危うさがある。美味しい白菜あるからおいでおいで言われてしまったら、やあ嬉しいなどこかな、なんてわくわくしながらついていってしまうかもしれない。

エルフ族、ユグル族、コポルタ族は自衛できるだろう。弓と魔法と爪《つめ》と牙《きば》がある。

エルフとユグルに関しては悪意を持つ相手だろうが何だろうが、初対面の相手には警戒心ゴリゴリで対応する。無礼《ぶれい》な真似をする相手ならば、たぶん相手を半分殺す。

アルナブ族はどう見ても戦闘系種族ではなさそうだ。

「最短距離っていうのは……どういうことっす？」

「この天井ブチ抜いて上に出る」

「そんなことできるんすか⁉」

「クレイならできる」

「俺か⁉」

三つ目の案は最終手段。

結界魔法を維持しながらクレイ無双《むそう》で天井を破壊。アルナブ族たちは馬車に避難してもらって、馬車ごと外に出れば良い。

しかしコルドモールや他のモンスターを外に出すことになってしまうので、これは今すぐにコルドモールに襲われない限り選択することはない。

洞窟の外はガシュマト領だ。そこも問題。

俺たちがギルドに滞在登録をしたのは、お隣のマティアシュ領。

マティアシュ領内で活動をしているはずの蒼黒の団が、お隣のガシュマト領に行ってしまったとなれば少々問題になる。

知らなかったで済めば良いのだけども、話はそう簡単ではないそうだ。

「兄貴、ガシュマト領はなるべくなら避けたほうが良いっす」

「なぜに」

「税が高いんす」

「何税が？」

「いろんな税っす。入場税で三千レイブ取られるんす」

「えっ高い」

「ガシュマト領の税は何でも高いんすよ。宿屋はトルミの宿屋の半分より小さい部屋で、一泊二千レイブで宿泊税込み。ご飯は別」

「たっか！」

「王都で流行っていた麦汁が一杯三千レイブで食料税込みっすね」

「まだ流行っていやがんのかあの謎汁！」

「水を使うのにも水税、通りを歩くのも通行税、滞在税は一日千レイブっす」

「なにその税金地獄領……」

スッスが愛用の手帳を開きながら教えてくれた、ガシュマト領の衝撃税金事情。

ベルカイムは基本的に入場税なんか取らない。冒険者、商業にかかわらずギルド構成員はギルドリングを見せれば入れるし、ギルドに所属していない人でも鑑定魔道具《アバルスマジックアイテム》で調べて問題なければ入れる。

俺たちは様々な領や街に行ったが、今まで入場税を取られたことはない。

「まさか、お土産を買うのも消費税がかかるとか？」

「兄貴、よく知っているっすね」

「やだもう……」

この世界で消費税なんて言葉聞きたくなかった。

他の国では知らないが、アルツェリオ王国の税金はとても単純だ。

各領の領主が国王に毎年一定の税を納めるだけ。

もちろん、毎年同じだけの税が支払えるわけもなく、収穫物が増えたら増えた分だけ、減ったら減った分だけ増税や減税がされている。

冒険者ギルドや商業ギルド、鍛冶《かじ》ギルドなどの組織も一定の税を納める。しかし、各ギルドは支店がある領地に納税するのではなく、直接国へと納めるのだ。

国王レットンヴァイアーは不正を許さない。陛下の叔父《おじ》である大公閣下であるグランツ卿はもっと厳しい。徴税官に半年に一度は適性検査を行い、着服やら脱税やらをさせないように監視しているという。

しかし、ガシュマト領の税は明らかに異常。

水を使うだけで水税を徴収する？

なぜそんなふざけた話が放置されているんだ。

「なあスッス、どうしてガシュマトは税まみれの領になったんだ？」

俺は鞄の中から醤油《しょうゆ》味と塩味の一口おかきを取り出し、空《あ》いていた大皿に入れる。

早速手を伸ばしたクレイとブロライトは、俺の質問に頷きスッスに顔を向けた。

「ええと、ええと……ちょっと言いづらい理由なんすけどいいっすか？」

「言いづらい理由？」

スッスは地面に置いていたリュックから黄色い手帳を取り出すと、ぺらぺらと頁を送る。

そして、ガシュマト領の現在の事情を話してくれたのだ。

2　助けてほしいんだ

「はい、それでは皆さん宜《よろ》しいですか？　光の門を通る時、息は止めないでください。怖ければ目を瞑ってください。それぞれ手を取り合って、お子さんはできるだけ抱っこしてくださいね。はい、今ならクレイの尻尾は先着順です」

アルナブ族の避難所には結界魔石を配置したまま、トルミ村に続く転移門《ゲート》を開くことにした。フニカフニを採るためにも、コルドモールをなんとかするためにも、この大きな空間は利用させてもらう。

洞窟はいつ崩れるかわからないし、恐ろしいモンスターが生息している。できるならば緊急に避難していただきたいとクレイが丁寧に説明すると、アルナブ族たちは我先にと家々に荷物をまとめに行った。

元々着の身着のまま洞窟に迷い込んだため、荷物はさほど多くはない。

移動する前に全員に清潔魔法をぶちかましたのは言うまでもない。

「タケル、先に転移門《ゲート》を通り安全であることを見せてやれ」

クレイは全身に佇うさぎたちをこれでもかと掴まらせ、転移門《ゲート》を開く準備をしていた俺に声をかける。遠目だとクレイが白いふわふわローブを纏って見えるから笑いそうになる。

念のために結界の中で新たなる結界魔石を配置し、結界を二重にしておく。

これで落盤があろうとコルドモールが襲いかかろうとも、しばらくは持つだろう。

転移門《ゲート》を開くための魔石を取り出し、地面に置いて固定。

脳内で地図を開き、トルミ村にある蒼黒の団の拠点地下にある転移門《ゲート》を思い浮かべる。

旅先からいつでもトルミ村に帰れるよう、行き先を決めていない転移門《ゲート》をいくつか作っているのだ。俺の心配性は役に立つだろう。

クレイの身長くらいの門を円状に作り出すと、アルナブ族は逃げ出すこともなくポカンとした顔で転移門《ゲート》を見上げていた。

これは転移門《ゲート》と言いまして、と説明するよりも先に避難だな。

「ビー、少しの間外すから皆を頼む」

「ピュイ！」

「良いお返事」

ビーの頭を撫でてやってから転移門《ゲート》を通った。

転移門《ゲート》のある地下空間は、通称「転移門《ゲート》部屋」と呼んでいるのだが、この部屋に入れるのは限られた人のみ。トルミ村の住民すら誰でも入れるわけではない。

大きな地下空間に転移門《ゲート》が数多《あまた》設置してあり、全ての門は俺が訪れたことのある場所に繋がっているのだ。

見慣れた部屋に出ると、俺は駆け足で階段を上った。

「ただいま戻りましたけどすぐに行きます！」

拠点の一階にある大広間へと続く扉を開くと、数十人の多種多様の種族が宴会の真っ最中だった。

皆酒好きの大人たちのみ。子供と女性がいないとすれば、今は夜か。

俺の突然の登場に慌てるわけでもなく、雑貨屋のジェロムと鍛冶師のグルサス親方は、またかという顔をした。

「せめて説明をしろ」

お気に入りの錫《すず》のカップを手にして不愉快そうに言ったのは、エルフのベルク。

「何か私の役に立てることはあるか？　ルカルゥはどうした」

湯飲みを持って振り返ったのはユグルのネフェル。その両隣には護衛の二人。

「通信石を忘れんなよ。酒が抜けるじゃねぇか」

「おう、なんぞ旨い酒でも持ってきたか？」

だらしなく横になりながら木製のジョッキを掲げているのは、ドワーフの兄弟アゲートとゴーム。

「そうか！　通信石があったのをすっかり忘れてた！」

「お前なあ……」

アゲートに言われるまで通信石の存在を忘れていた俺は、頭を抱えて叫んでしまった。

先に連絡をしておけば慌てて帰ることはなかったのに。

いやいや、通信石を忘れていたのは俺だけじゃないから許してもらいたい。

他にも広間には数十人がいた。飲兵衛《のんべえ》たちの集会所と化してしまっている広間だが、各種族の代表、もしくはそれに近しい人たちが一堂に会しているのは都合が良かった。

「急ぎの用だから酒は飲めない。ええっと、ええっと、また頼みごとがあるんだけども……」

とある種族を一族ごとまるっと避難させてもらえないか。

そう口にしようとしたら、真っ先にベルクが外に出ていってしまった。ベルクの部下らしきエルフの戦士たちもそれに続く。

続いてアゲートとゴームが身体を起こした。

「戦いになるか」

「俺も行くぞ」

どこからか取り出したのか、それぞれ巨大なハンマーを手にして腰を上げる。

「いやいや、まだ戦いにはならないから。でも、危険な状況に変わりがないから助けてもらいたいんだけど……迷惑になるかもしれなくて……」

俺がもごもごと言葉を選びながら迷っていると、グルサス親方がハンッと鼻で笑った。

「お前の迷惑なんざ弟子の迷惑に比べりゃあ、可愛いもんだ」

「いやでもあの、今回は数百人……コポルタよりも多いです。でも、コポルタより小さいかな」

俺が遠慮がちに言うと、ジェロムが立ち上がって辺りの若者たちに指示する。

「ベルクは村長に繋ぎをつけたろう。おう、誰かサダファとオルフにも声をかけろや。これから賑《にぎ》やかになっから、広場の掃除をしろってな」

「ベティとマーロウも呼んだほうがいいな。寝ている子供らが起きださねぇように、ビーの魔石を起動させろ」

広間の飲兵衛たちは今まで飲んでいたとは思えないほど、機敏に動きだした。

ビーの魔石というのは、盗聴防止魔石のこと。トルミ村では「眠りを妨《さまた》げないようにする魔道具《マジックアイテム》」だと勘違いされている。

そもそもはビーの酷いイビキが聞こえないようにするために、俺の安眠のために作ったものだ。

外に音を漏らさないようにする魔石を作ったのだが、盗聴を防ぐ魔石になってしまったのはたまたま。

外に音を漏らさない魔石から、外の音が聞こえづらい魔石に変えたのはユグルの魔法研究部隊。

ビーの魔石を設置したきっかけは、村の恒例行事になっている野外広場での宴会。

昼だろうが夜だろうが、宴会をする時は全力で楽しむ面々だ。広場は村の中央に位置し、緑の精霊王を祀《まつ》った小さな祠《ほこら》があるだけの野原。野外のため、時には酔っ払いの声がうるさくなってしまう。

赤ん坊や幼い子供たち、そして眠りたい大人たちの睡眠を邪魔しないようにと、ユグルたちが拠点の広間や野外広場に設置したのだ。騒がしくする時は必ずこの魔石を使うことが義務づけられている。

「新しい面子《めんつ》は何を食うんだ。食っちゃなんねぇもんは先に教えてくれ」

トルミに永住することになった元ランクB冒険者、豹《ひょう》獣人のガルハドは首から下げたメモ帳を開いてメモの準備。

「食べるのは野菜……？　いや、エペペ穀《こく》のほうが好きかな。でも品種改良したやつじゃなくて、そこらへんに生えているやつ？　なのかな……」

「はっきりしねぇと。食えねぇモン食わされるのはつれぇぞ」

ガルハドに問われたことに正しく答えるべく、俺は再度転移門《ゲート》の部屋に降り、転移門《ゲート》から洞窟へと行き、アルナブ族の郷長《さとおさ》ウマルと付き添いの女性シファーに事情を話し、二人を連れて広間へと戻った。

「こちら、アルナブ族の郷長ウマルさんと、お付きのシファーさん」

「ど、どうぞよろしく……」

「こんにちは……」

俺が腕に抱く白いふわふわな垂れ耳うさぎ族を見た面々は静まり返った。

ウマルは毛糸の帽子を外して深々と頭を下げた。シファーは自分の垂れ耳を掴んでぷるぷる震えている。

服は着ているし帽子もかぶっている。普通のうさぎとは違い、尻尾がとても大きい。しかし、見た目は完全にうさぎだ。

ちなみにうさぎ肉は村で日常的に食べる。村の子供たちが最初に覚える狩りは、野うさぎ狩りだ。罠《わな》を作って仕留めて解体するまでがお仕事。うさぎ肉のシチューはとても美味《おい》しい。

だがしかし、猪獣人や豚獣人が捕食対象にならないように、「言葉を喋る動物は全て人である」とするマデウス。

ウマルとシファーが怯えながらも言葉を放った瞬間、アルナブ族はうさぎではなく、アルナブ族という種族であり、人と見做《みな》される。

「郷長、シファーさん、ご飯は野菜よりもエペペ穀が好きだった？」

俺が二人に語りかけると、二人は垂れ耳をぎゅっと握りしめながらうんうんと深く頷いた。

「苦手なものや食べられないものはありますか？」

「タケルさん、こんな、いけません。私たちは、大きな木の二、三本でもお借りいただければ、木の根元でじゅうぶんに暮らしていけますので」

ウマルが遠慮がちに目を伏せると、シファーがそれではいけないと首を左右に振る。

「郷長はお足がおつらいでしょう？　他にも身体のあちこちが痛い年寄りがたくさんいるわ。せめて藁《わら》の床をお借りいただければ……も、森の枯葉の上でもいいんです」

そんな遠慮に遠慮を重ねたアルナブ族を目にした面々は、しばしの沈黙。

そして。

「どっか悪くしてんのか？　そりゃあいけねえな、湯が使えるようにしよう」

「寝床は藁でいいのか？　年寄りには藁より綿布団《わたふとん》がいいな。リザードマン用のでかい座布団が倉庫にあったろ。あれを敷くといい」

「どんな食事がお好みなのか、お教えいただけるか」

「破れた衣服の代わりになるものを探さねばなりませんね。エリザはまだ起きているかな？」

広間はあっという間に蜂《はち》の巣をつついた状態になり、我も我もと広間を飛び出していった。

俺たちが呆然《ぼうぜん》と眺めていると、寝間着《ねまき》のままのトルミ村の村長を姫抱《ひめだ》っこしたベルクが飛び込んできた。

ナイトキャップを被った村長、ほとんど寝ているじゃないか。

「村長の了解は得た」

何言ってんだお前。

「奥方が食堂をひとまずの待機場として整えるそうだ。怪我はないか？」

村長を姫抱っこしたままのベルクが至極真剣に問うものだから、シファーは掴んでいた垂れ耳をぶんぶんと振り回しながら頷いた。

アルナブ族は動揺したり感動したりすると、その心情を自らの大きな耳を掴んで振り回すことで表現してくれるのだ。

「ルドゥとサキュハラ、エイトナ、それからラタと迎えに行く。新たな転移門《ゲート》の先だな？　何色だ」

「ええと、ええと、臙脂《えんじ》色にした。ヴォズラオの隣。転移門《ゲート》の傍には蒼黒の団が待機している。アルナブ族は大きな声や音が苦手だから、驚かさないように気をつけてくれ」

ベルクは警備隊に所属しているエルフとユグルに声をかけると、安眠中なのか微笑みながら眠る村長を畳の上に下ろした。

腕に抱いていたウマルとシファーを畳の上に下ろすと、二人はビクビクと怖がりながらも畳の匂いを嗅《か》ぎ、不思議そうに畳の目を触る。

「了解した。皆、行こう」

ベルクは転移門《ゲート》部屋へと続く扉を開け、数人を共に階下へと降りていった。

「村長が寝ていたってことは、もう日は暮れているんだよな。夜に騒がしくして申し訳ない」

俺は広間の隅に重ねて置いてある客用の布団を掴み、村長の身体にかける。

「お前と一緒になって突っ込んでいくブロライトならともかく、あのクレイストンがお前を止めずにここに寄越《よこ》したんだ。よほど切羽《せっぱ》詰まっている状態なんだろうよ」

グルサス親方が新たな酒瓶の蓋を口で開けた。

いや、ブロライトと突っ込んでいくことは滅多《めった》にないんだけど俺。

「詳しくは皆を避難させてから話す。なんというか……巻き込んでも良いのか悩むくらいの状況下に置かれていて。でも、アルナブ族を放ってはおけないんだ」

今回は対モンスター戦で話が済むわけではない。

マティアシュ領とガシュマト領の、二つの領に跨《また》がる話。

ガシュマト領に潜伏する闇ギルド構成員がマティアシュ領の宝を盗もうと黙って領域侵犯をした。

ガシュマト領で暮らしていた希少な種族が住処を追い出されたので、トルミ村で匿いたい。

ガシュマト領の地下にはランクS以上のモンスターが徘徊しております。

うん。

ほんとにもうなんていうか、「なに言ってんだお前」だよな。

これからグランツ卿に相談をし、判断を仰《あお》ぐ。もしかしたらスッスが放った伝達魔法でリルウェ・ハイズからグランツ卿に話が行っているかもしれない。

ベルミナントにもトルミ村に避難させたい種族の話をし、ガシュマト領の誰かさんがアルナブ族を追い出した経緯を問う……のは、グランツ卿に任せるとして。

貴族や政治が関わる話だ。

蒼黒の団が黄金竜《おうごんりゅう》の称号を持っているからって、俺たちはただの庶民。貴族に質問はおろか意見だなんて以《もっ》ての外《ほか》。

通信石だって便利な携帯電話感覚で使ってはいるが、本来庶民が貴族に面会を求めるにはきちんとした身元の人を通して紹介してもらわなければならない。

俺の場合はギルドエウロパのギルドマスターか、グリットか、ウェイド。最短でならクレイだな。クレイは貴族ではないけども、貴族に近しい何らかの何かを持っているらしいから、貴族相手の面会でも仲介人はいらないそうだ。詳しくは聞いていないが、西の大陸のでっかい国では爵位があるのだとかなんとか。

とにもかくにも、面倒な手続きを省《はぶ》いて直接話していいよ、という許可を俺たちは得ているからこその大公閣下への直談判《じかだんぱん》なわけだ。

この穏やかで優しい村を貴族間のイザコザに巻き込みたくはない。

順調に進んでいるトルミ特区の計画が頓挫《とんざ》してしまうかもしれない。

悪い方向へ考えてしまうのは俺の良くない癖だとはわかっているが、だったらトルミ村を巻き込むなって話にはならない。

トルミ村だからこそ、疲弊した心を癒してもらえる。

時には厳しく、だけどとことん優しく。

「アルナブ族を助けてほしいんだ。俺たち蒼黒の団ができることは全力でする。彼らの滞在費全ては俺に言ってくれ。面倒を見てくれる人には報酬を渡す。もちろん、トルミ村全体にも寄付金として、それから迷惑料も……」

「待てタケル」

ジェロムが俺の言葉を止めた。

広間が再び静まり返ると、沈黙が続く。

村長の健やかな寝息だけがのんびりと響き。

酒を飲み干したジェロムが深く息を吐いた。

「馬鹿なこと言うんじゃねぇぞ。助けてくれだぁ？　当たり前だろうが。なぁに遠慮していやがるんだ気持ち悪い」

ジェロムが酒瓶を片付けながら言うと、広間の掃除を始めた若者らが「そうだ」と同意してくれた。

「お前らはトルミを害するような者は連れてこねぇだろう。エルフもユグルもコポルタも、俺たちの助けになってくれている。かといって、俺たちは見返りが欲しくてヤツらを助けているんじゃあねえ。わかるか？」

俺がわからず首をひねると、ジェロムは豪快に笑った。

「お前が、蒼黒の団が、助けろってんなら、俺たちは助けりゃいいんだよ」

やだ男前。

俺がジェロムの言葉に感動していると、広間の時は再び慌ただしく動き始める。

「長屋の増設はいくつ必要だ。既存の塀を広げる支度《したく》をさせよう」

「警備を増やさねばならぬ。翼の戦士は幾人増やす？　エルフの弓部隊を回す」

「ユグルの野営地がそのままだが、使えるか？」

「誰か、レオポルン殿にアルナブ族の来訪を告げよ。あのお方ならばアルナブ族について何かご存じかもしれぬ」

「風呂は入るか？　長風呂しているヤツらにとっとと出ろって言ってくらあ」

深い事情は話していないというのに。

皆は俺たちを信じて受け入れてくれた。

いらぬ世話、いらぬ迷惑、いらぬ心配をこれでもかと背負わせるのに。

俺の。

蒼黒の団の頼みというのは、考えていた以上に重たいものなのだなと。

俺は必死に涙を堪《こら》えて笑った。

3　簡単につまめて美味しい肴《さかな》がスルメイカ

アルナブ族たちを全員トルミ村に避難させることに成功した俺たちは、拠点の広間にて休憩中。

洞窟探査で失った食材などを調達しつつ、久々の安らげる空間で足を伸ばす。

温泉にも入った。風呂万歳。

バリエンテの穴に潜っていたのはたった数日のことなのに、やはりモンスターが蔓延《はびこ》る閉鎖された空間で寝起きするのは相当なストレスだった。お風呂ないし。野営は未だに慣れない。

「ピュプー」

時間にして夜中の十時過ぎ。

トルミ村では朝日と共に起きて夕暮れと共に眠るのが習慣だ。こんな時間まで起きていられるのは、翌日のことを考えない飲兵衛くらい。

ビーは俺の膝でぐっすり就寝中。ルカルゥとザバは広間の隅に敷いた布団で安眠中。

広間には俺とクレイとスッスが残った。ブロライトは食堂へ移動したアルナブ族たちに付き添っている。

村人たちの恐ろしいほどの連携により、夜中であってもアルナブ族の避難はするりと済んだ。驚くほどに迅速に。躊躇《ためら》いもなく。まるで練習でもしていたかのように。

一部の村人たちが「うさちゃん」と呟いていたが、アルナブ族を決してうさぎ扱いしないよう厳重注意がされていたため、はしゃぐ者は一人もいなかった。

久々の夜空にユムナをはじめアルナブ族たちは泣いて喜んだ。外の風だ、新鮮な葉っぱの匂いだ、臭《くさ》くない土の匂いだと。

今後の話し合いを拠点の広間ですることになったのだが、アルナブ族の郷長であるウマルも同席すると言った。

しかし、避難してきた老体に鞭を打つ真似はさせられない。慣れない環境であることに変わりはないのだからと、なんとか説得して話し合った内容は翌日に報告させてもらう運びとなった。

アルナブ族は簡易的に広げた布団が気に入ったようで、藁や落ち葉よりもふかふかだと歓声を上げていた。リザードマンや大型獣人用に作った座布団が、アルナブ族にとっては立派な布団に思えたのだろう。

ユムナがふわふわね、ふわふわだわとはしゃぎ喜ぶ姿が印象的だった。

エルフ族の子供が作製した深皿を取り出し座る姿を見たベルクが、目を見開き――なぜ子供らが造った未熟な皿を椅子にしているのだ！　と俺に詰め寄ってきてちょっと面倒なことになったが、概《おおむ》ね問題もなく平和に避難は終了した。

眠ったままの盗掘者たちは、眠ったまま村の外にある警備詰所にて収監。魔法の効果は切れているはずだが、未だ起きてはいない。

エルフとユグルの精鋭が集《つど》う詰所だ。一分《ぶ》の隙もない空間で、果たして彼らは快適に目覚められるのかは謎。明日にでもベルカイムへ移送する予定になっている。

プニさんは未だ戻らないけれど、まあ心配することもないだろう。神様だし。

「我らだけの問題ではなくなった。マティアシュとガシュマト、隣同士の領の地下で起こりし事態である故、助言を求めたい」

俺たちがルカルゥとザバの故郷である空飛ぶ島を探すためにトルミ村を旅立ったことは、トルミ村に住まう人なら誰もが知っていることだ。

クレイは俺たちの抱えている問題を簡潔に話した。

ぱちぱちと爆《は》ぜる囲炉裏《いろり》の炭を囲んで見ているのは、エルフ族執政官のアーさん。アーさんの背後には護衛のエルフ二人。

ベルクから連絡が行ったんだろうけど、アーさんが何で来たのかちょっとわからない。ブロライトは喜んでいた。

アーさんの隣にはドワーフ族で鍛冶職人のグルサス親方。さっきまで酒を飲んで千鳥足《ちどりあし》だったのだが、今はスッスが淹《い》れてくれたお茶を静かに飲んでいる。

グルサス親方の隣にはコポルタ族代表代理のレオポルン。自らと同じ獣人族の始祖に会えて光栄だと興奮中。尻尾がずっとご機嫌に揺れていた。

そしてそのお隣。

「頭の痛くなる問題だ」

スルメをもっちゃもっちゃ噛《か》みながら、グランツ卿が顔を顰《しか》めて言った。

辺境の村にあるチームの拠点に尊いお血筋の方々が集う奇妙な事態に陥《おちい》っているが、これはトルミ村の日常。アーさんは五日に一度は村で目撃されている。

スッス経由のリルウェ・ハイズから情報が伝わったのか、グランツ卿はアルナブ族らの移動中に通信石で連絡をしてきた。今からこっちに来ると。夜なのに。大公閣下なのに。国の重鎮《じゅうちん》なのに。フットワークが軽すぎる。

グランツ卿の背後にはトルミ村を訪れる際には必ず同行する護衛騎士が二人。そして、土間では小人族の忍者が立膝《たてひざ》で控《ひか》えていた。

見慣れぬ忍者はリルウェ・ハイズなのだろう。スッスと目が合うと小さく頷いていた。忍者だかっこいい、と喜ぶ自分は封印する。

今が夜中であること。そして事情が事情だけに、トルミ村の住人には詳しく説明をしないことになった。

グランツ卿はアルナブ族が村で快適に暮らせるよう、支援金としてお財布から一億レイブをぽいっと寄越してきたのだから凄まじい。

「まずはアルナブ族の移住を認める書類を用意した。ベルミナントの印章を押せばアルナブ族はトルミ村の住人と認められよう」

さすがグランツ卿。話が早い。

「アルナブの困りごとなどは我らコポルタが引き受けましょう。同じ古き血を持つ者同士、分かり合えるところもあるかもしれません」

レオポルンはスルメを器用に細かく裂き、大皿いっぱいに盛り付けてくれた。

「アルツェリオ王国には貴族家が百二十五存在する。領だけでも七十以上。その全てに監査を厳しくつけておるが、法の目をかいくぐる者が必ず現れるのだ」

囲炉裏でスルメを軽くあぶったグランツ卿は、忌々《いまいま》しげにスルメを噛みちぎる。

「フォールグスタめ……水税だと？　たわけたことを」

スルメを噛み続けるグランツ卿は昨今のガシュマト領の重税を知らなかったようだ。

リルウェ・ハイズの客人であるスッスが知っていた情報を、なぜグランツ卿が知らなかったのか。

あれかな。

グランツ卿がガシュマト領を調べようとするまでリルウェ・ハイズは情報を秘匿《ひとく》していたのかな。

情報っていうのは何でもかんでも報告すればいいってもんじゃない。仕える主が情報を望む前に調べておくものであって、調べた対象が悪だろうと正義だろうと情報を精査するのは主の判断。リルウェ・ハイズはただ「知っていた」だけのこと。

きっと今グランツ卿が背後に控える忍者に情報を望めば、詳細が聞けるかもしれない。

俺がそんなことを考えながら忍者に注目していると、グランツ卿が俺の視線に気づいてくれた。

「うむ。トルミへ同行させたのは此度《こたび》が初めてであったな」

グランツ卿がスルメを持った手を軽く振ると、土間に控えていた忍者が音もなく近づく。

覆面の隙間から見えるのは、感情が欠如したかのような冷たい目。

「儂《わし》が贔屓《ひいき》にしている諜報部隊の一員だ。名はいろいろとあるが——うむ。此処《ここ》では何と呼べば良い」

「サスケと」

低い、とても低い声で一言。

猿飛《さるとび》!! と、叫びそうになった口を慌てて手で覆う。

どういった経緯でその名前になったのか滾々《こんこん》と質問してやりたいが、ここは我慢。霧隠《きりがくれ》サイゾウとか根津《ねづ》ジンパチとか筧《かけい》ジュウゾウもいるのかな！

サスケが一言名乗っただけで、広間はぴりりとした空気になった。アーさんの護衛が思わず腰の得物《えもの》に手を伸ばしてしまうほど。

「うむ。手練《てだ》れであるな」

クレイが不敵に笑むと、スッスが振りかぶって頷いた。

「師匠は組織の重鎮の一人っす。尊敬しているっす」

声を抑えながらも興奮気味に言うスッスに、サスケの目が閉じる。黒い覆面で表情はわからないが、怒ってはいなさそうだ。

「サスケ、ガシュマト領について何か知っておるか？」

グランツ卿がスルメを味わいながらサスケに問うと、サスケは微動だにせず答えた。

「昨年末よりガシュマト領の特産品である林業が芳《かんば》しくなく、年明けに入領税が課された。続いて通行税。消費税。先月は水税が追加された。しかし、民の暮らしぶりは日を追うごとに貧しくなっている」

一息で途切れることなく話すサスケは、まるで機械のよう。

感情は必要ないと言わんばかりの冷たい口調に少し怖くなる。

マデウスの忍者は感情を隠さないとならないのかもしれない。高位貴族に仕えているからかもしれないが、声に感情が乗らないとここまで恐ろしさを感じるものなのか。

スッスは彼に憧れているようだが、どれだけ優秀な忍者であってもサスケのようにはなってほしくないな。スッスの笑顔は蒼黒の団の癒しなのだ。

マティアシュ領のバリエンテの穴放置問題もあるが、それよりもガシュマト領の闇ギルドから派遣された盗掘者たちが問題だ。バリエンテの穴の封印を破ったかもしれない疑惑もある。

お隣領の宝を盗もうと画策《かくさく》する奴が、闇ギルド所属。しかも大店の商会長が盗み依頼をしたとなると、ガシュマト領は言い訳ができないくらい真っ黒けということに。

闇ギルドの存在をガシュマト領側が知らなかったとしても、エントル商会はガシュマト領の首都サングにあるのだ。

「お気持ちお察しする」

アーさんは自分専用の湯飲みでお茶をくゆらせながら、苦く笑った。そしてスルメを食う。

「そのコルドモール、ってヤツぁ爪以外にも何かに使えんのか？　血はどうだ。骨は。皮は」

俺に詰め寄るのは、恐ろしく酒臭いグルサス親方。酔っているはずなのに目は真剣そのもの。親方はスルメを呑《の》み込んで更に続ける。

「デケェんだろう？　魔素《まそ》をしこたま吸い込んだ個体は皮膚《ひふ》がモンブランクラブよりも硬《かて》ぇ。モグラだろうと蟻《あり》だろうと、武具に使えそうなら俺が最大限利用してやる」

「剥製《はくせい》にしてトルミ特区で飾りたいんだけども」

「似たような皮でガワを作って、似たような色の鋼《はがね》で爪を作ってやるよ。見た目がそっくりそのままならいいだろうが」

「ハイ……」

未知の素材、しかもランクS以上のモンスター発見の報告は、グルサス親方を嬉々とさせた。目が爛々《らんらん》と輝き、俺たちが止めなければ巨大槌《づち》を片手に今すぐにでもバリエンテの穴へと向かっていただろう。

「これは本当に美味いな。スルメと言ったか」

顰《しか》めっ面のままスルメを食うグランツ卿。

あの顔は小難しいことを考えているようであって、美味い飯を堪能している時の顔だ。小魚の佃《つくだ》煮《に》が入った握り飯を食っている時と同じ顔をしている。

本当ならアタリメなのだと言いたいのだが、当たり目？　妙な名だな、と言われたのでスルメイカの干物、と言ったらスルメと呼ばれるようになった。

「わんわん。人族には硬いかもしれませぬが、これは噛み応えがあって美味しいです」

レオポルンも気に入ったようだ。ふさふさの尻尾が揺れ、畳に擦れてしまい箒《ほうき》で床を掃《は》くような音をさせている。

「いえいえ、この硬さこそが味わい深い。私も気に入りました。この味はとてもエルフ好みです」

口の端っこからゲソを出しながら噛んでいるアーさんは、湯飲みを置いて両手にスルメを持っていた。

「おう、ドワーフもコイツが好物だぜ。塩っ辛《から》いのが酒に合うんだよ」

グルサス親方は裂いたスルメが入った皿を持ち、アーさんの護衛とグランツ卿の護衛たちに差し出した。

エルフの護衛は遠慮なくスルメを口にするが、グランツ卿の護衛たちは動かない。

「ハイデル、オーラン、サスケ、それぞれスルメを土産にしてもらおう。儂も数枚もらって良いか？」

「ならば私も。母上にも食べていただきたい」

「俺はここでいつでも食うからな。タケル、あるだけ出せ」

「子供らにはすこし味が濃いかもしれませんな。わんわん」

真剣な話をしているはずなのに、それぞれあぶったスルメを食べる手が止まらない。

護衛たちにはもちろんお土産としていくつか包ませてもらう。だけどアーさんのお母さんってエルフの女王陛下じゃないか。あの神々しい女王陛下がもっちゃもっちゃスルメ食うの？　グルサス親方は少し遠慮をしてほしい。

大切な話をしていたはずなのに、いつの間にかスルメイカの干物の話に変わっている。

スルメは簡単に食べられて栄養補給もできる保存食だ。

このスルメはダヌシェの港で大人買いした干物のなかに紛れ込んでいたやつ。

干物専門屋台で売られていた干物全てを購入したのだが、まさかスルメイカの干物があるとは思わなかったのだ。

ダヌシェ製のスルメは塩分濃度が恐ろしく高く、食べる前に水に数時間浸けてから食べないとならない。おまけに内臓もそのままだからエグみと臭みがとんでもない。

水に浸けたふやけたスルメはあまり美味しくなかったので、長期保存できなくても良いから塩を減らし、内臓を出して開いて一日干したものを注文したのだ。

加工業者には変な顔をされたが、作ってみたらばとても美味《うま》いことがわかった。

保存には向かないのでダヌシェの港限定販売。提案したのは俺だが、加工方法や塩の加減を調べたのはダヌシェのロデリオン商会傘下の加工業者。

そんなわけで毎月一定数を蒼黒の団が優先的に買うことを条件に、加工と販売の権利はまるっとロデリオン商会に譲渡した。数日干したものも試してくれているから、完成したらそれも買わせていただく。

なお、正確にはスルメイカではない。イカみたいな形をしたモンスター、クラーケン。それの幼体。イカそっくりなので、俺はイカと呼ぶ。

クラーケンは成体ともなると雌《めす》のダウラギリクラブの三倍は大きくなる。想像を絶する大きさだ。ダイオウイカとどちらが大きいのだろう。

クラーケンの幼体は五、六年間は小さな姿のままで成長し、夜は光に集まる習性がある。ここはスルメイカと同じだな。

しかし成体にもなると船どころか町を襲うらしく、幼体を見つけたらどれだけ小さくても必ず仕留めなければならないのだ。

そのためダヌシェの港や海に面した町では季節問わずクラーケンの幼体狩りが行われていて、たまに冒険者ギルドにも依頼が出るらしい。そのうち俺も参加予定。

「これは定期的に買えるのか？　どこで買えば良い。商会はどこだ」

「ダヌシェのロデリオン商会」

「クラークのところだな」

「蒼黒の団の特注品」

「なんと！　それならば儂もこの品に出資しよう。数を増やして儂らにも食べられるようにしてくれぬか」

スルメの買った場所なんか俺に聞けば良いのに、サスケがするすると答えてしまう。

忍者はスルメの情報まで持ってるの？　これ先月やっと完成した品で、誰にも言っていないのに。

有無を言わせないグランツ卿の頼みに、俺は何度も繰り返し頷いてしまった。

いつの間にか大口の商談が一つ決まってしまったわけだが、対面に座るクレイが殺気の籠《こ》もった目で俺を睨《にら》んでいるのがわかる。スルメイカの話がしたいわけじゃないのはわかるから。許してほしい。簡単につまめて美味しい肴がスルメイカだっただけ。クレイだってスルメの美味しさは知っているだろう。

グランツ卿が出資するなら、ダヌシェに追加の加工場を建てていただく。でっかいやつ。そうしよう。

「徴税官はしかと審査したはずなのだが、儂の考えが甘かったようだ」

スルメイカから急にガシュマト領の話に戻り、俺は慌てて姿勢を正す。

「ガシュマト領の税の取り立ては改めることができる。数日中にでもフォールグスタを王城へと呼び立てれば良かろう。彼奴《きゃつ》は領地に帰ろうともせず、王都で夜会三昧《ざんまい》だろうからな」

そう言ってグランツ卿はサスケに目配せをすると、黙ってスルメを咀嚼していたアーさんが小さく挙手をした。

「宜しいかな。サスケ殿も、少し待たれよ」

サスケが伝達魔法を使うため席を外そうと腰を上げる前に、アーさんがそれを静止させる。

「先ほどガシュマトの林業が芳しくないという話であったが、その話に我らエルフは関わっておるのか問いたい」

あくまでも穏やかに。

爽やかな少年の笑顔のまま、アーさんは静かに問う。

アーさんの言葉にスッスが動揺を見せた。

目を見開いて口が「あ」のまま固まっていたら、アーさんの問いに「そうです」と答えているようなものじゃないか。

「うん？　エルフが何をしたんだ。おう、お前ら何か知ってんのか？」

グルサス親方が俺に空《から》の皿を寄越すと、俺は燻《いぶ》した木の実を数種類交ぜて皿に入れてやった。

塩分控えめとはいえ、酒をたらふく飲んだあとにスルメイカ二枚は食べすぎだ。

不服そうに顔を顰《しか》めた親方だったが、俺の言いたいことが理解できたのか黙って木の実をつまんだ。

エルフは品質の良い木材を作り出すことに長《た》けている。

俺はマティアシュ領のことばかり考えていて、隣接する領は調べなかった。

行くつもりはなかったし、関わり合いもないだろうと思っていたから。調べたら行きたくなるし。

しかしスッスはマティアシュ領に行くことが決まった際に、マティアシュ領と隣接する領のことを全て細かく調べてくれたのだ。

アルナブ族の避難をする前スッスが話してくれた、ガシュマト領が異常な税を課している「言いづらい理由」には、俺たち蒼黒の団がびっちゃりと関わっている、むしろこんな事態になるなんて誰も予想していなかった話。

「ガシュマトの木が売れなくなったのは、より質の良い木が出回るようになったからでござろう？恐れ多くも尊き古代狼オーゼリフの恩恵を賜《たまわ》りし我らエルフは、昨年よりオゼリフ半島より王の木を加工する権利を得た。王の木はエルフの郷にあるガナフの木に負けずとも劣らぬ、素晴らしき木材となった」

グルサス親方の質問に対しアーさんは核心を突くようなことを言うと、そのまま嬉しさを隠さずエルフの新たなる資金源について語った。

オゼリフ半島の王の木というのは、古代狼オーゼリフが縄張りとする聖域、王様の森に自生する超巨大樹である「王様の木」のこと。杉とかヒノキに見た目が似ていて、ものすごく太く、ものすごく背が高い雄々《おお》しい大木だ。色も様々。

俺たちがベルカイムのギルドエウロパからの依頼を受け、スッスの故郷があるオゼリフ半島に出向いたのがそもそものきっかけ。

魔素がアレしてどうにかして、巨大な狼であるオーゼリフは我を失い暴走していたのを俺たちが必死に宥《なだ》め、狂っていたオーゼリフは無事に生まれ変わり、今は小さくて可愛らしい仔狼になっている。

そのオーゼリフに頼まれたのだ。森の一部を住みよくしたいから手伝えと。

王様の森は巨大な王様の木が群生しすぎてしまい、昼間でも松明《たいまつ》が必要とされるほど薄暗かった。

しかし森に住み聖域を守るリド村の住人——小人族とオグル族が食材調達に困らないようにする

ため、オーゼリフは王様の木を間引《まび》くことを決断。そこらへんは緑の精霊王に相談したとかなんとかだけど、詳しいことは聞いていない。

間引いた超巨大樹である王様の木は、市場に出回る木材よりも硬く、燃えにくい。何よりも独特の香りがとても良い。

オーゼリフは自身の縄張りである森の調和が取れていれば良くて、伐採した木は好きにすればと言ってくれた。

それならばありがたくいただきましょうと。

捨てるわけにはいかないでしょうよと。

伐採するのはオグル族が筆頭に、木を伐採するための斧はグルサス親方たちドワーフ族の鍛冶職人が作り、建材やらに加工するのはエルフの木工職人が担当した。

木材を森からオゼリフ半島の港まで運ぶのは小人族とコポルタ族の連携で、オゼリフ半島からダヌシェの港経由、そこからベルカイムを経てトルミ村まで運ぶのはトルミ村に集った元冒険者や商人、全ての護衛はユグル族の仕事。

トルミ村に集った多種多様の種族たちが一同に協力をし、王様の木という素晴らしい木材を市場へと放出したのだ。

ちなみにこの木材事業はルセウヴァッハ伯爵であるベルミナントが主導している。

販路はほとんどベルミナントが贔屓にしている商会に任せ、木材を無駄にせず大切に扱うことを誓約した相手にだけ販売してもらったのだ。

王様の木と呼ぶのはアルツェリオ王国の国王陛下に不敬《ふけい》に当たるとして、王様の木はその地から名を取ってオゼリフの木と呼ぶようになった。古代神であるオーゼリフの名を使うのも失礼だしね。

オーゼリフの加護があるわけでもないのに、オゼリフ半島にしかない特別な木材、エルフたちの加工付き、という謳《うた》い文句は貴族に刺さった。ぶっすりと。

「そこらへんにない特別な木材」「エルフ族が加工に関わっている」「燃えにくい」という宣伝は、大工や木工職人にも好評なうえ木材は飛ぶように売れた。お安くないのに。

自身の館の建て替えや増築などにオゼリフの木を使うことが一種のステータスになり、今では木材の順番待ちになっているとかなんとか。貴族すげえ。

オゼリフ半島はグラン・リオ大陸の西にあるが、アルツェリオ王国の統治下ではない。

オゼリフ半島全体が古代神であるオーゼリフの領域であり、人が踏み込んではならない地に指定されている。

そんなわけでオゼリフの木は神様の好意でいただいたものであるからして、木材の伐採・運搬・加工・販売に関わった人たちにだけ収益が入るのだ。

ルセウヴァッハ領に税として現物をいくつか献上し、ルセウヴァッハ伯爵から王へと献上してもらっている。

初めはオーゼリフもオゼリフの木の伐採・加工に協力してくれたのだが、エルフの木工職人であるペトロナが待ったをかけた。いつまでも偉大なる尊き神に頼るわけにはならぬと。

そりゃそうだよな。神様ありきの商売なんて、長く続かない。

そんなわけで今はエルフの木工職人を筆頭に、エルフの木材加工技術を学びたい人をトルミ特区に呼んで勉強させよう計画が進行中。木材で儲《もう》けた余剰分を奨学金に回し、将来の木工職人を育てるのだ。

「売られた木の行方《ゆくえ》までは知らぬ。だが我らエルフはリベルアリナの象徴たる樹木に対し決して手を抜かぬ故、品質は保証いたす」

それはそれは誇らしげにエルフの技術を語るアーさんの小鼻が、ぷくっと膨らんだ。

少年にしか見えないアーさんが嬉しさを隠さずに胸を張る姿、とても愛らしく見えてしまう。ブロライトに見られなくて良かった。アイツ、今が夜中でも喜びに悲鳴を上げてアーさんに飛びつくだろうからな。

「オゼリフの木の品質が優れているってぇのもあるが、エルフの手が入っていると聞きゃあ、貴族は黙っちゃおかねぇだろうよ。俺のところにもいくつか依頼が来ているぜ。剣の握りをオゼリフの木で作れないかとな」

鍛冶職人であるグルサス親方は、剣身だけを作っているわけではなく、剣ならば鞘《さや》から柄頭《つかがしら》から鍔《つば》まで全てを作る。装飾までしてしまう。

普通は刃の部分、鞘の部分と部位ごとに職人が変わるのだが、拘《こだわ》りが強すぎる親方は一人で作ってしまうのだ。

弟子であるリブルさんが、そろそろ宝石加工くらい任せてほしいとぼやいていた。

「それじゃあ何だ。その木が出回ったから、ガシュマトの木が売れなくなったのか？」

グルサス親方の言葉はもっともなのだが、話はそう単純ではないのだ。

サスケが僅《わず》かに頷くと、スッスは待ってましたと手帳を取り出した。

「オゼリフの木は高級木材として売られているんす。一部の貴族や金持ちしか買えないんす。オゼリフの木がどれだけ良くても、庶民は買えないっす。だから、今までの木材も需要は変わらないんすよ。バルクーク、フレーヌ、ホンバオスの木材は変わらず売れているんす。エルフ族が扱うガナフの木も、神殿や祠の修復に今までと同じ通り使われているっす」

東の大陸であるグラン・リオはその七割が森だ。あっちこっちに大樹海と言われるモンスターが跋扈《ばっこ》する危険な森がある。

アルツェリオ王国のほとんどの領地に森があり林があるため、林業が盛ん。

マデウスの植物は地球の植物と違い、土と太陽と水と空気、そして魔素によって成長する。

魔素が濃ければ濃いほど植物の成長が速くなるため、すぐ育つ。そのため、基本的に植樹は行わないそうだ。開拓した地を放置すれば、すぐに木が生えてきてしまう。木を放置すれば森になり、森は深くなるとモンスターを生み出す。

魔素を含む魔石や木々の生育を促《うなが》す魔道具《マジックアイテム》を利用する手もあるらしいが、推進はされていない。

自然に任せず無理やり生育させるため、木の質が落ちるからだ。

「ガシュマトの木は明らかに質が落ちたんす。何かの魔道具《マジックアイテム》を利用して木に魔力を入れているらしいんすけど、そんなことをしたら木は歪《ゆが》んで育つんす。そういう木は、緑の精霊王であるリベルアリナに嫌われた木って言われてしまうんすよ」

スッスは手帳を閉じると懐にしまい、サスケに視線を移す。

サスケは黙ったまま僅かに頷いた。スッスの情報はサスケのお眼鏡《めがね》にかなったようだ。

「なんだそりゃ。今まで低価格で気軽に買える木だったたってぇのに、高級木材として売ろうとしたってことか？　急に価格を上げたところで質は変わらねぇだろうが。第一、俺ンところでガシュマトの木を指定して依頼を受けたことはねぇぞ」

「オゼリフの木で依頼を受けているグルサス氏も知らぬ木材か。サスケ」

「森の奥を開墾《かいこん》した。国には報告されていない。魔素が多い場所で生える木は品質が良いらしい」

グランツ卿に促されて話すサスケの言葉に、俺のサスペンス劇場好きな第六感がピンと働く。

スッスにガシュマト領が抱えている問題として聞いていたのは、ガシュマトの木の価格が高くなったことと、オゼリフの木が人気ということだけ。

森の奥を開墾云々は聞いていないいな。

今まで木材を採取していなかった場所を開くということは、そこに息づく動植物が犠牲になるということ。

アルナブ族は住んでいた場所を追いやられたと言った。

「アーさん、聞いてもいいかな」

「何なりと」

俺が嫌な予感を払拭《ふっしょく》できないままアーさんに問うと、アーさんは微笑んで頷いた。

それでは遠慮なく。

「魔素が濃いところの木は高く売れるもの？」

「売れまする」

「ガシュマトが新たに開墾した森から伐採した木は、ガナフの木やオゼリフの木と同じ品質になるのかな」

「決してなりませぬ」

「どうしてだろう」

「エルフ族以外が伐採、加工するのならば樹木は使い物になりませぬ。失礼を承知で言うなれば、人族の手には余りましょう」

「なにゆえに」

「魔素が濃い場所で育つ樹木は、全て堅木《かたぎ》。グルサス親方など一流の鍛冶職人が腕を振るった斧であっても、相応の魔力と技術がなければ切ることは叶いますまい」

「それでもなんとか切れた場合は」

「ただ切っただけの木は木材にはなりませぬ。製材をして乾燥をして的確な大きさと長さを測って更に製材をして。一朝一夕《いっちょういっせき》の技術ではござらぬ。魔力がある魔導士を常に配備し、常に魔力を放出した状態で樹木を包みつつ、伐採した樹木に傷などこさえぬよう、慎重に慎重を重ね、やっと切り倒すことが叶いまする。そのような真似事、我らエルフ以外にはできますまい」

「お、おう」

「中途半端な伐採は木を殺すだけ。ふふふ、そのような木材、果たして木材と呼んで良いものやら。まあ……子らの細工手習いの材料にはなりましょうや」

んふふふふ、と仄暗《ほのぐら》く笑ったアーさんは、忌々しげにスルメをかじった。

ガシュマト領の林業が思うようにいかなくなって、新たなる森を切り開くことになった。そして、アルナブ族が住処を追われた。

そこまではわかるんだけど。

ガシュマト領のアルナブ族が逃げ込んだ先が、マティアシュ領に続くバリエンテの穴で。

バリエンテの穴は封印がされていたはずなのに、いつの間にか別の穴が掘られバリエンテの穴に通じる道ができていた。

バリエンテの穴にはマティアシュ領の領主であるエステヴァン子爵の宝が隠されている。

その宝を狙うのが、ガシュマト領に本拠を置く大店のエントル商会。

なぜに狙う？

そもそも導きの羅針盤が隠されていると知っていたうえで盗もうとしているのだろうか。導きの羅針盤の価値を知っていた？　いや、そもそもあの穴に宝が隠されていると誰が噂を始めた？

どんな理由があろうとも、他所様《よそさま》のお宝を盗もうだなんて許されることではない。

「これは面倒なことになったな……」

グランツ卿が珍しく疲れた顔を見せた。

ハンマーアリクイの家族を生きたまま捕獲せよというグランツ卿の依頼がきっかけで、まさかの不正発覚。

俺たちはただ、ルカルゥとザバを故郷に帰してあげたいだけなのに。

布団を撥《は》ねのけて大の字で眠るルカルゥの腹の上で、同じく大の字になって眠るザバ。

「ププププヒ……」

俺の膝で奇妙な寝息を立てるビーのぽっこりお腹を撫でながら、俺は少し焦《こ》げてしまったスルメイカを口に入れた。

4　ここに平和があった

トルミ村は早朝から活気に満ち溢れていた。

日の出と共に起きだす村人たちは、身づくろいをした後に各家庭で朝食。

早朝から村の食堂も開いているので、家で食事の支度が間に合わなかった場合は食堂で食事を摂ることも可能。日替わり定食は一食五十レイブで腹いっぱい食べられるのだ。

数十分で食事を終えると、村の中央に位置する物見櫓《ものみやぐら》に設置された鐘《かね》がひとつ鳴り響く。

鐘はトルミ村の一日の開始の合図。夜勤だった者は仕事が終わった合図にもなる。

さて今日も頑張ろうと畑へ行くと、そこには引っこ抜く予定だった雑草をむさぼり食うふわふわの丸っこい何か――

「ごめんなさい。わたしたちは人の手が入ったお野菜は少しだけ苦手なの。食べられないわけではないわ。少し、ほんの少しだけ苦く感じてしまうの。だけれど、ここにある新鮮な葉っぱはどれも甘くて美味しいわ。こんな美味しい葉っぱがたくさん生えているだなんて、素敵な場所ね」

ユムナが垂れ耳を掴んでぶん回しながら跳ね飛ぶ。

アルナブ族はトルミ村が管理する広大な畑に散らばり、農作物以外の葉っぱを嬉しそうに食べていた。

俺たちは雑草と呼んでいた草なのだが、アルナブ族にとってはご馳走《ちそう》。雑草だなんて呼ばないでとユムナに叱られてしまった。

「それじゃあ、俺が出した白菜の葉っぱは苦かったろう。ごめんな」

「何を言っているの？　あの葉っぱは忘れられない味よ。お腹が空いて悲しくて怖くって苦しかった私たちに、あの葉っぱは元気をくれたわ。とても、とても美味しかったの」

「そうだよ。あの葉っぱだけは別だよ。とても美味しかった」

「人の手が入った葉っぱで、あれだけ美味しく思えたのは不思議なんだ」

ユムナを筆頭に、アルナブ族たちがもふもふと尻尾を振る。

トルミ村で一晩過ごしたアルナブ族たちは、ただ守られているわけにはいかない。私たちにも何か仕事をくださいと懇願してきた。

仕事と言われても、コポルタ族よりも小さな身体をしているアルナブ族に何ができるのかわからなかった。

畑仕事は重労働だし、細工仕事は素人《しろうと》に任せられない。

本来ならば子供たちの仕事なのだが、村に慣れてもらうまではと村の中央にあるリベルアリナの祠の清掃と、村の通りの清掃をお願いした。

そしたらば、しばらく放置していた広場の雑草をもりもりと食べてしまって。

雑草を食べるだなんてとんでもないと言ったらば、雑草だなんて呼ばないでちょうだいと言われてしまったわけで。

「こんなに土がふかふかになるなんて。肥料を撒《ま》いてからもう一度混ぜてくれるか？」

農作業をしていた青年が数人のアルナブ族にお願いをすると、アルナブ族たちは青年に指定された場所の土を一斉に掘り出した。

掘ると言っても地中深く掘るわけではなく、ある程度の深さを素手《すで》で掘り起こしてから肥料を撒き、大きな尻尾でさささと土をかぶせるまでの作業が恐ろしく素早い。

鍬《くわ》やスコップで掘り起こすよりも早い作業に、畑に出ていた人たちは皆目を大きくさせて唖然としていた。

土を掘り起こすだけではなく、どれだけ小さい草でも見逃さないでひょいぱくと食べてしまう。

泥だらけなのや腐ったのは食べないでくれとお願いしたところ、しぶしぶ堆肥場に持っていく背中は少し寂しそうだった。

「はははは、すごいわ！　あっちとこっちの土を比べて見てちょうだい！　雑草がひとつもないの！　昨年の採り残しも堆肥場に片づけてくれたわ！」

熊手《くまで》を背負いながら興奮するのは、農作業部隊の一員であるラトリーシャ。

アルナブ族は雑草を雑草と呼ばず、自然に生える葉っぱは貴重な食料なのだと言った。

それなら畑に生えている雑草を取りつつ食べつつしてくれたらなと考えたラトリーシャは、まずは自分が担当している畑の雑草を宜しければと提案。

アルナブ族は歓喜に沸いた。

そうして今、ラトリーシャが担当する畑だけではなく、見渡す限りの畑にアルナブ族がいる。

白かったり黒かったり白黒だったり茶色だったりするアルナブ族は、皆揃ってカラフルな毛糸の帽子を被っているため、どこに誰がいるのか同族同士ならすぐわかるそうだ。

カラフル帽子のなかに麦わら帽子の茶色いもふもふ。

「これは黒い土の山に入れてしまえばいいのだ。堆肥場だぞ。木の枝は木工作業所の裏に集める場所があるから、そこに大きさ順に入れるのだ」

「もっこうさぎょうしょ？」

「モモタが場所を知っているのだ。モモタ、教えてくれるか」

「わかったあにうえ！」

アルナブ族たちの手伝いをするのは、揃いの青いツナギを着たコポルタ族たち。麦わら帽子が似合っている。

畑の畝《うね》と畝の間は狭いため、大柄な人は歩きづらい。そのため小柄なコポルタ族たちが畑仕事を率先して手伝ってくれていたのだ。

コポルタ族はトルミ村の大切な働き手となっている。

手先が器用でアダマンタイトよりも硬い爪を持つ彼らは、鋭い爪の先で硬い木や岩であってもちょいちょいっとほじってしまう。豆腐《とうふ》を掘るかの如《ごと》く。

そんな素晴らしい爪を持っているコポルタ族を、木工職人たちが黙っていない。鍛冶職人も。各々職人たちも。

コポルタ族の代表代理であるレオポルンは、エルフの木工職人であるペトロナにスカウトされ、弟子にされた。

レオポルンは独特の飾り細工を美しく仕上げる職人として働いており、トルミ村外周のお土産屋さんで木彫りの細工皿を販売中。

他にもコポルタ族はそれぞれの分野で大活躍。

穴を掘るしか能がないと言っていた彼らだったが、どっこい才能溢れる種族だった。今では好きなことを見つけてもらい、好きなことをして暮らしている。

しかし基本的に穴を掘るのが大好きな種族なため、穴を掘るのが好きなコポルタ族はドワーフの国に派遣した。短期契約のお試し期間中だが、ドワーフの国王陛下自ら契約継続を嘆願されている。

コポルタ族はあちらの国で本領の穴掘りを発揮し、ドワーフらに重宝されているとか。

そんなコポルタ族の王であるコタロは、トルミ村農作業部隊の一員として頑張っていた。

弟のモモタと護衛のジンタを連れ、アルナブ族らに指示を出している。

農作業をしたことがないコタロにとって、食べるものを育てるのは新鮮だったらしい。

土は掘るだけのものではなく、作物が育つための布団。

そんなことを教えたのは誰かはわからないが、コタロは農作業に目覚めた。

「こっちの青い実は取るんだぞ。枝に実はふたっつまで。そうしないと、大きく丸く育たないのだ」

「この実は何になるの？」

「ファララと言って、甘くて美味しいのだ」

「ふうん。ふたっつを残すんだね。わかった」

「僕もできるよ。わんわん」

「一緒にやろう」

柴犬《しばいぬ》と垂れ耳うさぎが尻尾をふわふわ。

貴族が飼う猟犬はうさぎを狙うのだとグランツ卿が案じていたが、コポルタ族とアルナブ族は初対面で意気投合しているようだ。

トルミ村も人口が増えたが、トルミ村外周にある音楽堂周辺にも人が住むようになった。人が集えば消費するものが増える。

トルミ村の食料自給力を上げるため、畑を今までの倍以上の面積を増やして開墾し、リベルアリナが勝手に増やした果樹園の管理も行わなければならない。人手はいくらでも歓迎だ。ただし、人格者に限る。

「ユムナちゃんは草をたくさん食べてお腹いっぱいにならないの？」

「土から抜いたばかりの草はたくさん食べられるのよ。なぜなのかはわたしもわからないわ。ふしぎよね」

「ふうん。お腹をこわさないように気をつけてね。けがをしたらいうんだよ」

「うふふふ、ありがとう」

「つまずかないようにね。ぼくはこの前ここでつまずいたんだ」

「まあ。気をつけるわ。ありがとう」

「ふふふふ」

「うふふふ」

モモタとユムナが穏やかに笑い合い、小枝を抱えながら連れ立って木工作業所へと向かう。

ここに平和があった。

平和はここにあった。

アルナブ族は果たしてトルミ村に馴染むだろうか、という不安は露《つゆ》と消えた。

まるで昔からそうであったように、アルナブ族はトルミ村の風景に溶け込んでいる。

誰に対しても穏やかに話をするアルナブ族は、トルミ村の住人に受け入れられるどころか即戦力としてありがたがられた。

熟しすぎた作物や腐ってしまった果実などを見つけては教えてくれるのだと、農作物収穫担当の子供たちは喜んだ。

アルナブ族の郷長をはじめ、身体の自由が利かない者たちは目下療養中。

何かできることはないか、何かしていないと落ち着かないと訴えられたので、できることをしてもらった。野菜の皮剥き、編み物の手伝い、服の繕《つくろ》い、でき上がった細工ものを箱に入れる作業などなど。

昼前になると村のあちこちでアルナブ族を目撃できるようになり、昼を過ぎると存在に慣れてしまったのか笑い声が聞こえるようになった。

「ああ、子供らがあんなに大きな声で笑っている……」

エルフ族特製のアルナブ族専用椅子に腰かけたウマルは、穏やかな光景を眺めて涙を流していた。

「子供らだけではありませんよ。大人も、めいっぱい笑ってもらわないと」

「ありがたいことです。本当に、なんとお礼を言えばいいのでしょう」

ウマルの隣で専用の椅子に座るのは、トルミ村の村長。村長が座る椅子もエルフ族が作った村長専用の椅子。唐草《からくさ》模様の複雑な彫りはレオポルン氏の技。

「いやいや、我らも貴重な人手に感謝しておるのですよ。この村は緑の精霊王様と馬の神様に守られております。あなた方を脅《おびや》かす存在は一人もおりません」

「まあ、精霊王様と馬の神様？　それは素晴らしいわ。ねえ郷長、私たちもあとでお祈りをさせていただきましょう」

「そうだねシファー」

ウマルに付き添うシファーも椅子に腰かけている。シファーの隣には椅子を製作中のペトロナ。ペトロナの隣には浮遊魔石を作るセローム先生。

セローム先生に教えられた魔力制御を行いつつ、俺も目下浮遊魔石を量産していた。

ペトロナは足が不自由なアルナブ族たちに専用の浮遊座椅子を作るらしい。

浮遊座椅子はルセウヴァッハ領主の奥方であるミュリテリア氏が使用しているものであり、領主のお墨付き。トルミ村産であることを示す焼き印が押されている浮遊座椅子は、物珍しさもあって注文が殺到した。

ただラクがしたい人や自慢したい人には売らず、本当に必要な人にのみ販売している。

まだまだ庶民にまで浸透していない浮遊座椅子だが、トルミ特区では大・中・小とサイズを作り、希望者にレンタルすることも考えている。

「こんな素晴らしい村に一族ごと住まわせていただけるなんて、なんとお礼を申し上げれば良いのやら」

ウマルとシファーが深々と頭を下げると、村長がウマルの手を取って優しく握る。

「つらい時はつらいと、苦しい時は苦しいと仰《おっしゃ》ってください。微力ながら、お力になります。決して無理をなさらないようにしてくだされ」

「ありがとう、ありがとう……！」

ウマルと村長の感動的な話の最中に、ペトロナは黙ってウマルの座高を測っていた。

きっと今日中にウマル専用の浮遊座椅子が作られるだろう。

俺は頼まれた数の浮遊魔石を作り終えると、ビーを連れて蒼黒の団の拠点である屋敷を目指す。屋敷と言っても見た目は小田原城《おだわらじょう》なんだけども。

「ピュッピュピュー」

「そうだな。ずっとトルミ村に住んでくれたらとは思うけど、彼らには彼らの住みやすい場所があるかもしれない」

「ピュプ……」

「近くの森とか林とか、近所に住んでくれるといいな。そうしたらすぐに会いに行けるだろう？」

「ピュ！」

ビーはアルナブ族がトルミ村に永住してくれることを願っている。

俺もトルミ村に住んでくれたらなとは思うが、そこは無理を言うまい。

楽しく過ごしているようには見えても実は遠慮をしているのかもしれないし。もう少し時間を置いて、アルナブ族たちが落ち着いてから再度希望を聞けば良いだろう。

「ただいまー」

「ピュムイー」

屋敷の引き戸を開けると、そこには支度を終えた面々。

蒼黒の団の面々と、エルフ族の戦士であるベルク。

そしてユグル族の翼の魔法戦士であるイエラ。鹿のような真っ白な角と真っ白な髪、金色の目と漆黒《しっこく》の翼を持った妙齢の女性だ。ルキウス殿下が着ていたような凛々《りり》しい騎士服を着ている。

「様子は如何《いかが》でしたか」

ユグル族にしては小柄な女性であるが、年齢で言えばベルクよりも年上。確か九十……いくつとか。この場に集う誰よりも年上だという驚き。見た目では年齢が全くわからないのは、マデウスの不思議だな。

イエラはトルミ村警備隊の一人。

元々はユグル族の次期王妃であるルキウス殿下の護衛をしていた。

ユグル族がハヴェルマとゾルダヌに分かたれた時、イエラは記憶を奪われたゾルダヌとして王宮警備をしていた。

記憶が戻り、ユグルの国の混乱が落ち着いてきた頃トルミ村に武者修行をしに来た一人だ。

少々人見知りで口数は少ないが、黙って動ける人というか、痒《かゆ》いところを痒いと言う前に掻きますかと聞いてくれる気遣いは抜群。スッスと仲良し。

「とっても穏やかだった。モモタとユムナが笑い合う光景は絵に残したいくらい」

もふもふとふわふわが共に歩けば、そこに平和が生まれる。

俺が後ろ手に引き戸を閉めながら真剣に言うと、ベルクが真剣な顔をして頷いてくれた。

「ならば郷の絵師を寄越そう」

「そうして。最低でも十枚は必要になる」

グランツ卿を筆頭に、平和の絵を欲しがる人が続出するだろう。一般販売はしないけれど、俺も私室に飾りたいな。俺の隣で元気よく挙手するブロライトも、郷の家族に送るつもりだろう。エルフの郷の王宮にもふもふたちの絵が飾られるかもしれない。

「悟られはしなかったか」

精神統一をしていたのか、クレイは目を瞑りながら聞いてきた。

閉めた引き戸に魔法で封印をすると、引き戸はがちりと固まった。

皆の憩《いこ》いの広間ではあるが、こうして引き戸を開けられないようにしておけば「入られたくはないんだな」と察してもらえる。別に入ってもらっても構わないのだが、念には念を入れて。

「おそらく？　どこに行くのって子供たちに聞かれなかったのが不思議だけど」

「ピュプ」

「アルナブらに魅了されておるのではないか？」

「そうかもしれない」

子供たちにアルナブ族を狩りの対象にするなと言及したのはブロライトだ。獣人と同じように接するのじゃ、優しくするのじゃと子供たちに頼み、子供たちは初めて見る種族だと喜び、目を輝かせながら頷いていた。

ルカルゥとザバは村に残ることになった。

ルカルゥは俺と来たがったのだが、ザバがそれに反対。村でアルナブ族の様子を見守るのでございますこと、とザバが言ったのでルカルゥは渋々従っていた。

ザバが自分の意見を通すのは初めてのこと。きっとルカルゥが俺たちの邪魔にならないようにと配慮してくれたのだろう。邪魔にはならないのだが、二人を大勢の目に晒したくないからな。

俺が来たことで準備は完了。

これから俺たちはバリエンテの穴へ戻る。

広大なグラン・リオ大陸には時差があるため、ガシュマト領が今何時なのかはわからない。もしかして真夜中かもしれないが、元々真っ暗な穴の中だ。

アルナブ族たちの避難所に行き、コルドモールを移動させる下準備と偵察をするのだ。

危険なモンスターを放置するわけにはいかない。かといって、穴の中で戦闘をするわけにもいかない。コルドモールは穴掘りが得意だから、ひとたび壁を突き破って逃げられてしまったらどこへ行くかわからない。

俺たちがガシュマト領でアレコレするのは憚《はばか》られる。地下とはいえ勝手に侵入して貴重なモンスターを討伐したと訴えられたら、後々面倒なことになるらしい。

ランクS以上のモンスターは出現が稀《まれ》。稀というか目撃したら町のひとつふたつ壊されてしまう危険があるのだが、希少な個体であることに変わりない。

どうせなら文句を言われないよう、コルドモールまるっと全部欲しいじゃないか。

グランツ卿は悪い顔をして笑った。

そして、俺たちに気づかせてくれた。

蒼黒の団が王城でフランマ・モルスンと戦った時のように、モンスターそのものをどこかに移動させてしまえば良いのだと。

なるほどな。

そこに気づかなかったのは俺らしいというか、俺たちらしいというか。

バリエンテの穴を崩落させないよう、フニカフニが新鮮なまま採れるよう、コルドモールを転移門《ゲート》で移動させてから討伐しよう大作戦が決まった。

俺が転移門《ゲート》を設置するのに最適な場所を狩猟戦士であるベルクが判断し、その間にイエラがコルドモールの誘導をしてくれるらしい。どうやるのかはわからないが、魔素を好むモンスターなら必ず誘いに乗るはずだとネフェルが言い、魔法も使えて剣の腕も長《た》けているイエラを紹介してくれたのだ。

「なるべくならアルナブ族たちのキノコ村も保存したい。結界で洞窟の壁全体を守れるかはわからないけど、なるべくなら壊さない方向でよろしく」

転移門《ゲート》の前に移動し、俺は再度ベルクとイエラに頼む。

危険なモンスターを相手にするというのになんと悠長《ゆうちょう》なことかとベルクなら怒るかと思ったが、ベルクは素直に頷いてくれた。

「執政様にも言われておる。アルナブの憂《うれ》いを増やすなかれと」

なるほどな。

アーさんに言われてしまえばベルクは従うしかない。

コポルタ族《もふもふ》と仲の良いベルクだから、アーさんに言われるまでもなく考えていただろうけど。

「転移門《ゲート》を出たら各々警戒を怠るな。場合によっては散開せよ」

「了解」

「ピュ！」

「応《おう》」

「わかったっす！」

「承知しました」

「任せろ」

クレイの指示に各々返答すると、眩《まばゆ》く光を放つ転移門《ゲート》を駆け抜けた。

5　うなじのゾワゾワ

灯光《ライト》で照らされた空間には、数えきれないほどの膨大なモンスター。

常闇《とこやみ》のモンスターを髣髴《ほうふつ》とさせたが、俺たちはあの経験を経て今がある。

あんな数、大したことはない。

俺たちが臆《おく》する相手ではない。

転移門《ゲート》をくぐった俺たちを待っていたのは、数多《あまた》のモンスターたち。

アルナブ族の避難所に置いた結界魔石の範囲外にうじゃっと集い、避難所内部に流れる小川を狙っていた。

あの川にはフニカフニが生息している。よく見れば数匹のフニカフニが脱皮？ をしたのかわからないが、鱗が大量に落ちていた。

あの鱗は通称フニカボンバ。虫除けになる貴重な素材。

「スッス、フニカボンバの採取！ タケル、結界魔法の維持、範囲を広げよ！ ブロライト、ベルク、イエラ、ビー、我々は彼奴等《きゃつ》を間引くぞ！」

クレイの戦闘開始の合図により、俺たちは一気に指示された通りに動きだす。

スッスは魔法の巾着袋を片手に小川に走り、フニカボンバを次々と回収していった。

俺は鞄の中からユグドラシルの枝を取り出して杖に展開。瞬時に魔法を構築して結界の範囲をゆっくりと広げる。

マティアシュ領にあるバリエンテの穴の入り口から入った俺たちは、このアルナブ族の避難所まで到着するのに数日を要した。その日々の中で数々のモンスターを討伐してきたが、俺たちが遭遇したことのないモンスターも結界を力強く叩いていた。

「はい注意！　大腕猿《ゴリラ》の爪に毒、たぶん変異種ランクB！　真っ赤な蛇は突然変異のランクC！

ああ嫌だ……足がいっぱい……全身猛毒……」

「はっきりせい！」

「多足虫《ゲジ》はランクBより上！　全身猛毒気をつけて！」

言葉にするのも嫌な真っ黄色の、暗闇でも光っちゃう危険生物。

でっかい昆虫はとにかく大嫌いなんだよ。今まで何百と倒してはきたが、慣れろと言われても一生無理。

誰よりも早く先陣を切ったイエラは、大きな翼を広げて宙を舞う。

手にしていた両刃のファルカータに魔力を込め、それを大きく振るった。

「せやあっ！」

一閃《いっせん》により千々《ちぢ》になるモンスターの巨体。

躊躇《ためら》いはなく。戸惑うこともなく。

恐れは置いてきたと言わんばかりのイエラの戦いっぷりは、さすがの翼の戦士だなと見惚《みと》れてしまった。宙を舞う素早さで言えばゼングムのほうがずっと速いのだが、イエラも負けない。

イエラが装備する剣は、古代ケルト人が作ったとされるファルカータに酷似している。曲線が美しい剣だ。

マデウスではファルカータに似ている剣は、ユグルの伝統的な剣の一つ。銘なしの剣は全て剣と呼ばれているため、俺がイエラの剣がファルカータに似ていると言ったら、ファルカータという名になりました。

ファルカータに魔力を込めて何らかの属性を持たせ、モンスターの弱点を叩く。

ユグルの魔法戦士の戦い方らしいが、ゲームでよくある属性魔法剣ってやつだな。剣そのものに何らかの属性を持たせ、敵の弱点を突く魔法。

魔力の伝達が正しく行き渡るように設計され鍛えられた剣だとはいえ、それを一瞬で行うにはものすごい繊細な魔力操作が必要とされる。しかも無詠唱。しかも猛烈な速さで戦いながら。俺はあんなに速く魔法の属性を変えられない。

常闇のモンスターとの闘いでも翼の戦士たちが扱う剣が光っているのに気づいていたが、光る剣なのかな、としか思わなかった。

かっこいいな。

俺よりも小柄で華奢《きゃしゃ》な女性が、あんなに力強くモンスターをバッサバッサと斬り倒して。

「我が血肉を喰らいたくばその身を捧げよ！　滅したことすら気づかぬままに殺してくれる！」

だけどあの叫び声が聞こえなければの話。

「貴様らが足掻《あが》くというのならば、その誇りと共にマデウスへ帰れ！　歯向かう者は魂さえも燃やしてやるわ！　死ねえ！」

とっても恐ろしいことを言っているけど、大丈夫？

さっきまで笑顔のままであまり喋らなかったイエラが、その綺麗な顔に血しぶきというか謎汁しぶきを浴びながら次々とモンスターを屠《ほふ》る姿は、ちょっとかなり恐ろしい。

「素晴らしき腕じゃな！　わたしも負けていられぬぞ！　やあーーっ！」

ほらあ。興奮したブロライトが真似する。

頭から血とか泥とか浴びないように気をつけろって言っていたのに、真っ先に切り刻んだモンスターの臓物を浴びるってどういうことなの。せめて汚れないように盾魔石使ってくれないかなあ！

「ピュイーッ！」

「ビーも真似しないっ！　毒まみれになったらコタロたちと遊べないからな！」

「ピッ」

よっしゃ行くぞとばかりに両腕をブン回したビーを制すると、俺は結界の外ではっちゃける二人に向かって叫ぶ。

「二人とも体液が猛毒のモンスターもいるから！　肌に触れたら溶けたり何かの病気に感染するかもしれないから！　ユグドラシル覚醒！　盾《シールド》、清潔《クリーン》、展開《てんかあい》っ！」

ちょっと腹に力を入れて魔法を展開すると、自分を中心に魔法が広がる。

イエラとブロライト二人に飛ばしたかったのだが、失敗した。少しでも焦ると対象範囲が無駄に広がってしまう。

アルナブ族の避難所のほぼ全域に清潔魔法が広がってしまい、土埃や泥にまみれていた岩がつるりとした美しい姿になりました。アルナブ族が置いていった衣服もまるで洗濯したて。なんということでしょう。

膨大な魔力を持っている俺は、魔力をケチらずに魔法をばんばか利用する癖がある。

だが、必要以上に魔力を込めるのは完全に無駄だとセローム先生に指摘された。コップに入った水が溢れているのに、樽に入った水を更に注ぐようなものだと。

コップに適量の水を注げるように魔力凝縮玉を作り続けていた努力が。

「精進《しょうじん》しろ」

「はぁい……」

ベルクのじっとりした視線に反省を見せつつ、イエラとブロライトの汚れが消えたのを確認する。よーしよしよし。

イエラは汚れていた装備と武器の汚れが綺麗に吹き飛んだことに一瞬驚いたが、盾魔法が展開されていることに気づくと戦い方を変えた。

どうやら毒を持つモンスターを攻撃する際、体液を浴びないようにしているようだ。かといって無駄に汚れるのは許さん。

「イエラは実戦を経験したことがあるのか?」

俺がなんとなしにベルクに問うと、ベルクはイエラの戦う様《さま》を眺めながら首を横に振った。

エルフ族とユグル族の合同訓練で顔見知りの二人は、互いの得意な戦法や攻撃の型を知っている。

「ネフェル老から聞いた話だが、イエラはユグルの王都から外に出たことがない」

北の大陸にあるユグルの国。

俺も行ったことがある、というか拉致《らち》られて目覚めたら王都の王城だったミラクルを経験しているので、あの王都がモンスターの襲撃を受けたことがない堅牢《けんろう》な壁に囲まれていることは知っている。

魔法障壁と言っていたか。王都を囲う壁にモンスターを撥《は》ねのけ、モンスターの魔力を吸収してしまう魔法が練り込まれているのだ。

モンスターの魔力を利用して半永久的に魔法を維持する壁なので、ランクが上の賢いモンスターは壁に近寄らない。

強いモンスターが来ない王都では、モンスターを見たことのないユグルの民が大半を占める。

「守護したかった主の記憶を失い、主の大事を知らぬまま平穏に暮らしていた己を許さぬと」

ベルクは表情を変えず弓を構えて矢を放ち、蛇モンスターの額に命中させる。

「次期王妃殿下の護衛を任じられるのならば、モンスター如きに臆していられぬだろうよ」

常闇のモンスターとの戦いを経験したハヴェルマは、イエラをはじめとする王都で暮らしていたゾルダヌよりも戦うことに慣れている。夜の闇も。震え上がるほどの恐怖も。

しかし、ゾルダヌだったユグルの民にも譲れないものがある。

王城で働く誇り。

敬愛する主に仕え続ける名誉。

空気が重たくなってしまったが、ベルクは眉根をぎゅんっと寄せて不快感を見せた。

「私を殺したければ己が全てを懸けよ！　その覚悟、私の全てで応えてやる！」

同時に四本の矢を放ったベルクは、叫びながら戦うイエラを眺めて呆れる。

「……ユグルは黙って戦えぬのか。あれでは良い的《まと》になる」

対モンスター戦では大ベテランのベルク。

エルフの郷には魔法障壁などない。

エルフたちはどの村や街よりも危険な場所で暮らしているのだが、ベルクたち狩猟戦士の日々の見回りのおかげで平和を保っている。

「なんだろ。鬱憤《うっぷん》溜まっていたのかな」

俺はイエラの精神面を心配してしまう。

実戦経験を積ませるために俺たちに同行させてくれとネフェルに頼まれたが、本人の意思は確認していない。実は何らかの不満があってこの場で発散しているのだろうか。

「お腹減っているからイライラするのかもしれれべっ！」

俺が余計な心配をしているとクレイに頭を小突《こづ》かれた。

クレイが魔王化していた時に似ていると言わなくて良かった。クレイのげんこつで俺の脳天カチ割れていた。

「騒がしいのはブロライトで慣れておる。彼奴等《きゃつ》が騒がしいうちは余裕があるという証拠。タケル、結界が安定したならば索敵を。コルドモールを誘導できる空間が近くにあるか調べろ。ベルク、二人の討ち漏らしを」

「あまりにも小さいものは砕くが良いか」

「構わぬ」

「任せてもらう」

ベルクは軽く頷くと、矢を番《つが》う。

クレイの硬い肘《ひじ》で小突かれた後頭部を撫でつつ、探査《サーチ》先生にお伺い。

探査《サーチ》魔法を展開する時は遠慮なく魔法を使う。広範囲を探れるように、広く、そして均一に。どこかに魔力が偏《かたよ》らないように。

バリエンテの穴は広く、そして深い。

俺たちはマティアシュ領の入り口から延々と下へ下へと潜り、途中で上へ上へと昇り、うねうねと曲がり曲がってガシュマト領へと侵入してしまったわけだ。

蒼黒の団は洞窟探査の経験が少ない。本格的に洞穴に潜ったのはキエトの洞《ほら》が初めてで、バリエンテの穴は二回目。

ギルドの依頼に洞窟探査もあるのだが、俺たちはあまり受注することはない。

なぜならクレイが狭い場所での戦闘を好まないからだ。

クレイの舞闘槍術《ぶとうそうじゅつ》は広い空間で威力を発揮するもの。天井の崩落を心配しながらの戦いは面倒くさいというか気を遣うというか、戦えないわけではないけど槍の能力が半減するからとかなんとか。

俺も閉鎖的な空間で幾日も過ごすのは苦手だ。快適無敵の馬車で過ごせるとは言っても、太陽の光を浴びないで暗闇のなか進むというのは本当に疲れる。

いざとなれば洞窟の入り口に設置した地点《ポイント》を使って転移門《ゲート》で戻れるし、クレイが天井をブチ破ってくれるだろうから地図作成《マッピング》はしていない。探査《サーチ》先生に聞けば進む方向はある程度わかるので。

そんなわけで改めて探査《サーチ》先生に調べてもらった結果、バリエンテの穴はキエトの洞の倍以上に深いことが判明。そして、恐ろしく広い。

全てのモンスターの位置を確認するわけではなく、危険な高ランクのモンスターとコルドモールだけを調べることに集中。

コルドモールに付けた追尾魔法を探ると、洞窟内を猛烈な勢いで徘徊《はいかい》している姿が確認できた。

相変わらず目的もなく彷徨《さまよ》っているように見えるが、もしかして規則性があったりするのかなとしばらくコルドモールを追う。

どれだけ狭い道だろうとお構いなしに突き進むコルドモール。

「うーん？」

「ピュューウ？」

何であんな狭い道をわざわざ選ぶんだ？　もっと広い道があるのに、人が一人やっと歩けるような横穴に入るなんて。

「うーーーん？」

「ピューーーゥ？」

首をあっちこっちに傾げる俺を真似して、ビーも俺と同じ方向に首を傾げる。可愛い。

「ビーはどう思う？」

「ピュイ？」

「ビーの身体では入れないようなちっちゃな穴に入りたくなる理由」

ドラゴンであるビーにモグラの習性を聞くのはお門違《かどちが》いだが、俺は自分の背丈で通れないような道にわざわざ入る理由がわからない。

「ピュプ……ピューィ、ピュピュ？　ピュムム……ピュッピュ」

俺の頭の上で真剣に悩むビーは、コタロとモモタに誘われたら入る、でも二人はどんな小さな穴でも大きくしちゃうからなー、なんてブツブツ言っている。

「ピュ！　ピュイ！」

美味しそうなキノコを見つけたら入るかもしれないよと、ビーは俺の頭をトントン叩いた。

「キノコ？　食えるかどうかわからないキノコを探すためにわざわざ……」

穴に入る前に俺を呼べよなー、俺がまず調べるのにさー、こらー、なんて呑気に考えていると。

コルドモールが方向転換。

狭い横穴から広い道へ。

俺たちはあそこの道でユムナが置いたフニカボンバを見つけて。

「ピュッ？」

——ずん

ビーが何かに気づくのと同時に、僅かに感じる振動。

誰か大型モンスターでも倒したのかなと顔を上げるが、全員がいつの間にか結界内に避難し揃って静止していた。

ベルクは天井を眺めながら明後日《あさって》の方向に矢を放ち、結界外のモンスターに命中させるという技を披露している。どうやっているのそれ。

——ずずん

「ピュイ！」

ビーの警戒警報が轟《とどろ》くと、それぞれに散らばっていた全員がクレイの傍に集合した。

「コルドモールじゃな！」

両脇に何かしらの昆虫の触角を束《たば》で持ってきたブロライトは、その場に触角を投げ落としてジャンビーヤを構えた。落とした触角からは金属がぶつかるような音がする。

イエラの腰に下げている血みどろの袋がとても気になるが、今はそれどころではない。

ブロライトが落とした触角を鞄にしまいつつ、コルドモールの動きを探る。

コルドモールはなぜだか俺たちのいる場所を目掛けてまっしぐら。

「なぜにここを目指す？」

目的もなく徘徊していたと思ったら、急な方向転換でこちらを目指す謎の行動。

「お前の魔力に反応したのではないか？」

先ほどの魔力制御を無視した魔法をクレイは指摘するが、それなら俺が探査《サーチ》魔法を展開するより前にこちらを目指していたはずだ。

ずしん、ずしん、という振動が次第に強くなり、結界の周りに集まっていたモンスターが散っていく。

「俺の魔力というより、他の何かに反応しているような……」

バリエンテの大穴において、食物連鎖の頂点に君臨しているであろうコルドモール。

そんなコルドモールが何かに反応している？　いや、これは何かを追いかけているような。

「いやいや、何を追いかけるんだって」

ふと思いついた最悪の考えを払拭するように笑ってみるが、悪い勘というものは当たるもので。

ビーの場合、自分の身体が入らなそうな穴に無理やり入るのは、キノコが食べたいから。ビーなら手を伸ばしてなんとかしようと努力するだろう。食い意地的に。

コルドモールはお腹が空いたらそこらへんのモンスターを狩りそうだ。片手間に。

それでも人一人がようやっと入れそうな横穴に入ったのは、何かを食べるため？

何を。

「あっ」

「ピュ？」

明確な目的を持ってこの場所へと近づくコルドモール。

この場所にコルドモールが狙う何かがあるとは思えない。それなのに迷いなく向かってくる。

俺たちが見つけたフニカボンバはユムナたちアルナブ族の救難信号。

旅人さんたちをアルナブ族の避難所に誘導するように置いた。

暗闇でも輝く鱗を目印に、盗掘者たちが何らかの方法でコルドモールをおびき寄せているとしたら。

アルナブ族は、この避難所はどうなる。

「さ、探査《サーチ》と調査《スキャン》同時展開」

今までは高ランクのモンスターを対象にしていたが、今度は最低ランクのモンスターなどを探せるように魔法を放つ。情報は最低限に。

すると。


【ユゴルスギルド所属の盗掘者】

殺人・強盗・傷害・窃盗・詐欺の前科あり。

冒険者ギルドにて指名手配中。懸賞金額一人五百万レイブ。生存の場合八百万レイブ。


「はっぴゃくまん！」

思わず叫んでしまった。

これは一人八百万ということだよな。生きたままギルドに突き出せば、二千四百万。これだけの高額な指名手配犯って珍しいんじゃないかな。前回の盗掘者を上回る悪党がコルドモールに追われているわけで。

コルドモールは盗掘者を追っている。

なぜだ？

モンスターはモンスターを捕食し、人も動物も昆虫も、動くものは何でも食う。

バリエンテの穴にはモンスターがたくさん徘徊していて、なかにはお肉たっぷりの猪や牛のモンスターもいるわけだ。

腹が減ったらそういうお肉たっぷりモンスターを追うようなものなんだけど。

なぜ。

なぜコルドモールは盗掘者を追っているんだ？

盗掘を専門としているのなら、モンスターに襲われないようにするとか、ひっそりコソコソ侵入して宝を探すものだと思うんだけど。

コルドモールのような危険なモンスターとは遭遇したくないよな。

騎士団を数百人集結させてやっと討伐できるかできないかの、そんなランクS以上のモンスターなのだから。

普通は避けるよな？

「あっ」

ふと、俺のうなじがゾワゾワとした。

コルドモールは元気にこちらへ爆走中。

その前をひたすらに走っているだろう盗掘者。

何らかの魔道具《マジックアイテム》でおびき寄せて、アルナブ族が避難している集落へとコルドモールを命がけで導いている。

アルナブ族――ガシュマト領から追いやった種族の口を塞ぐためだとしたら。

そこまで考えてしまい、背筋に嫌な汗が伝った。

まさかそんな。いやいやそこまでのことする？　命がけで？　コルドモールが呑み込んだ導きの羅針盤が目的なんだろ？

「タケル、如何《いかが》した」

「嫌なことを考えて、どうやらそれが的中しているかもしれない。俺のうなじが、ゾワゾワって」

「ピュイ……」

俺はモンスターとの戦闘中に最悪の状況を考えて行動する癖があるのだが、大抵はそこまで悪い状況に陥ることはない。

しかし、俺のうなじがゾワゾワっとする時は、最悪の予感が的中する時。

まるで俺のうなじが意志を持っていて、「そうだよ」と囁《ささや》いているようで。

「コルドモールが追っているのは盗掘者。そいつらは真っすぐこっちに向かっている」

クレイとブロライトは「またか」という呆れた顔をした。

「盗掘者は指名手配犯。賞金額は一人で八百万。生きて連れていけばの話」

この場にいる全員は暗算ができる。

俺が言った一人八百万の言葉に顕著《けんちょ》に反応したのは蒼黒の団。

「コルドモールから盗掘者を守ることが条件か」

「大金じゃな」

「情報を引き出す手伝いをすれば、もっと上乗せされるかもしれないっす」

「ピュウ～」

蒼黒の団は賞金稼ぎではないのだけど、もらえるもんはもらっておく主義。

俺以外の面々は最終手段に首だけ持って帰ると言うだろうけど、なるべくなら生きたまま連れていく方向で。

そんなわけで転移門《ゲート》の準備。

コルドモールが通れる巨大転移門《ゲート》を作る。アルナブ族の避難所とフニカフニが泳ぐ小川を壊さないよう、設置場所に気をつけなければ。

「偵察のつもりが戦闘になるとはな。タケル、転移先の準備はできているのか」

「来る前にグランツ卿と通信石で確認済み。約束の時間よりも早く俺たちが転移門《ゲート》をくぐったら、即戦闘開始って伝えてある」

「ブロライト」

「私はいつでも行けるぞ」

「スッス」

「フニカボンバはほとんど拾えたっす。あとでフニカフニを回収できるよう、罠を張っておいたっす」

「ピュイ!」

再びの戦闘準備が整うとユグドラシルの杖を構えて腹に魔力を練る。

できるだけ大きな転移門《ゲート》。フランマ・モルスンを移動させた時の倍の大きさ。グランツ卿が用意してくれた場所へ、誤差なく通じるように。

王都騎士団演習場へと繋がる転移門《ゲート》を。

その前にグランツ卿に連絡だ。

6 その頃、王都のグラディリスミュール大公は

アルツェリオ王国首都、王城から南の地にある王国騎士団の演習場は、王都に勤める騎士団が軍事訓練を行うための広大な平原である。

他国との諍いがないアルツェリオ王国騎士団にとって、目下最大の敵はモンスターである。

王都外壁には強固な結界が張られているため、モンスターが近づくことはない。しかし、経験なくして騎士の何たるかは語れないとした初代騎士団長より、騎士は必ずモンスターとの実戦経験を積むことが義務化されている。

貴族ならば門狭き王立騎士育成大学校を卒業せねばならない。冒険者ならばランクC以上、五年の冒険者歴が必要。完全なる実力主義であり、貴族であっても縁故《えんこ》採用はされない。

王族男子は必ず騎士大学を卒業することが義務づけられており、女子も希望すれば入学することが可能。

名声だけを欲した愚《おろ》か者が入団をしても、実力が伴わなければ一般騎士と同じ扱いをされる。

先代の王族である第三王女は騎士大学を卒業後、一般魔導騎士として経験を積み、歳を重ねた退団間際は魔導騎士団副団長にまで上り詰めた女傑《じょけつ》として知られている。

騎士団は竜騎士・魔導騎士・治癒騎士・盾騎士・地上戦専門の陸騎士と部署が分けられ、魔法に秀《ひい》でた者、治癒魔法に優れた者、防御に特化した者、各種地上での戦闘に長《た》けた者が所属。

なかでも竜騎士は全ての武具が扱え、強い攻撃魔法を上空から放ち、時には地に降りて治癒に奔《ほん》走《そう》する万能騎士だ。

大空を羽ばたく飛竜と絆《きずな》を共にし、時には魔法で、時には剣や槍で戦う様《さま》は物語の勇者のようだと国民に大人気。

そんな騎士らが憧れる冒険者が存在する。

西の大陸にあるストルファス帝国で第二王太子の護衛と側近を務め、命を狙われた王太子を身を以《もっ》て守り通した誇り高き元竜騎士。

栄誉《えいよ》の竜王《りゅうおう》。

又の名を青き聖なる龍の騎士。

そんな二つ名をつけられた通称青龍卿《せいりゅうきょう》、ギルディアス・クレイストンが騎士団演習に加わる。

騎士たちは冷静を保ちつつも心が躍《おど》った。実際に踊った。

今や伝説として騎士団に語り継がれている竜騎士の戦う様《さま》を、間近で見られるのだ。

青龍卿の舞闘槍術は唯一無二。

フランマ・モルスンとの実戦を目撃した者は、今でもその光景を詳細に熱く語れるほど。

恐れ多くも国王陛下の暗殺にまで及んだ王宮大事件。

ランクAの大型モンスターが王宮の謁見室で召喚された事件は、一年近くの時を経ても記憶に新しい。

その際遠征や演習に行っていた騎士や警備隊らが、なぜその場にいなかったのかと膝をついて嘆いた。

フランマ・モルスンの討伐、及び国王陛下の命を救ったことにより、青龍卿が率いる冒険者チーム蒼黒の団は黄金竜の称号を得た。

憧れているのは騎士だけではない。王城警備隊や貴族にも大人気のランクS冒険者。

せめて一目だけでも。どうせなら戦う姿も見たい。絶対見たい。できるなら握手。

とにもかくにも青龍卿が蒼黒の団を伴いやってくる。

おまけに凶悪なモンスターをどこからか引き連れて。

騎士団内にだけ伝達されたはずの情報は、巡り巡って大公の耳に戻ってきた。

極秘と言ったはずの情報が面白いように王城内を走り抜けている様子。

国王陛下に知らせる前に己の耳へと飛び込んだ情報に、大公はにやりと笑う。

「大公閣下、せめて後方にて待機していただけませぬか」

王国騎士団所属竜騎士団団長である黒獅子《くろじし》グレルゴティエ・トルメトロは、司令部天幕に入るや否や顔を顰《しか》めた。

群青《ぐんじょう》の礼服に身を纏った王国の重鎮が、護衛を一人も付けず侍従だけを控えさせてそこにいる。

魔女の一撃にやられたと噂される腰はどこへやら。まるで騎士の見本のような凛《りん》とした立ち姿に、未熟な騎士たちの手本にしたいと考えてしまった。

「決して邪魔にはならぬと誓約すれば良いか？　血判《けっぱん》でも良い」

振り向いた大公は相変わらず不敵な笑みを浮かべたまま、その腹を決して読ませない。

「尊き御身を守護する栄誉を与《あずか》れるのならば、誓約などは必要ありませぬ」

トルメトロは踵《かかと》を合わせて貴族に対する礼を取る。

司令部天幕にグラディリスミュール大公閣下がいらしていると伝令を聞き、トルメトロは心の内で舌を打った。

現国王陛下であるレットンヴァイアー五世陛下の叔父であり、王国唯一の大公閣下。

王位継承権は放棄しているとはいえ、その身がこの場にいる誰よりも尊いのは大公本人も自覚しているはず。

それなのに、なんでこんなところにいるんだ。

粗末《そまつ》な木の椅子に腰をかけた大公は、侍従に温かな茶を淹れさせてから下がらせた。

天幕の外に騎士が控えているが、天幕の中は大公とトルメトロのみ。

侍従が完全に天幕の外に出てしまうと、大公は右手人差し指で向かいの椅子を指す。

「有能なる竜団長を儂の護衛で拘束させるものか。そんなことよりもトルメトロ、急な話にもかかわらず迅速に場を整えてくれたな」

指図通りに椅子に腰をかけると、トルメトロは表情を変えた。

不満をありありと見せ、深く息を吐き出す。

「モンスターの出没は時を選ばぬ。大公のお召しに対応できぬ騎士団など、王国の守護者とはいえまい？」

「それもそうだ」

「だからと言って話が急すぎる。せめて五日前には通達できなかったのか？」

「こちらも急な話であったのだ。とある種族の存亡がかかっておる」

「なんだそれ」

穏やかに微笑む狸《たぬき》の腹は読めない。

大袈裟《おおげさ》なことを言いやがってと文句の一つも言いたくなったが、非公式の場とはいえ相手は大公閣下だ。

竜騎士団の団長であるトルメトロは数えで三十八。大公とは知己《ちき》の仲であり、トルメトロが新米騎士の頃からの友人。

大公の口調により非公式の場となった天幕では、トルメトロが普段の口調に戻る。

国王陛下の叔父だろうが王国唯一の大公閣下だろうが、大公はトルメトロの友人なのだ。

トルメトロは元ランクBの冒険者である。

竜騎士に憧れ騎士大学校を卒業したにもかかわらず、冒険者として経験を積んでから入団試験を受けた猛者《もさ》というか変わり者。

モンスターの討伐経験がある新人として騎士団で話題になり、騎士団で話題になった新人って誰だろなと大公が聞きつけ、わざわざ足を運んで訓練を見学したという。

貴族に対する礼儀はなっていなかったが、戦闘能力は折り紙付き。話せば感情が豊かであり、仲間思いで人望がある。誰よりも勇敢で、そしてとても酒が強い。獣人族のなかでも黒獅子族は特に血気《けっき》盛んな種族なのだが、トルメトロは恐ろしいほどの正義感を持っていた。

友人を侮辱《ぶじょく》されたと激怒し、貴族の上官を殴って謹慎《きんしん》数か月。下町で冒険者と喧嘩《けんか》をして器物損壊、減俸数か月。演習中に隊列を乱して仲間を守り、ランクCのモンスターを単身撃破等々。トルメトロは話題に事欠かない男だった。

家柄を重視される王国騎士団ではあるが、トルメトロの実力は軟弱な貴族子息らを黙らせた。問題行動さえなければ最速の叙爵《じょしゃく》であったろうと惜《お》しむ声があった。

しかし、当の本人はあくまでも現場で槍を振るいたいと豪語し、仕官の誘いを断り続けていた。

そんな愉快な男を大公は放っておかない。トルメトロの将来を買い、真っ先に後見人として名乗りを上げた。

たとえ庶民の孤児だろうとも、モンスター討伐などで功績を挙げて叙爵するだろう――という大公の予想通り、トルメトロは数年前に騎士爵を賜った。

騎士爵ともなれば、領地は管理せずとも爵位は伯爵相当。おまけに大公の後ろ盾もある。

トルメトロの出自を公《おおやけ》で侮辱する者はいなかった。

「俺が演習の指揮官で良かったな」

トルメトロは机の上に乱雑に置かれている羊皮紙をかき分け、束になった書類を大公に差し出す。

「前衛は陸騎士団第一から第五。魚鱗《ぎょりん》の陣《じん》にて配置。こっちからこっちは見学だ。こいつらには何があろうと文句を言うなと誓約させた。爵位持ちは後方に下がらせた」

「青龍卿の実戦を見られるのだから、足の一つや二つ吹き飛ぼうとも何も言うまい」

「空には俺んところの第一が旋回中。大型モンスターの影も形も見当たらんとの報告だが、どういうことだ？」

「知らせは来る」

優雅に茶を飲む大公は、茶器の側に置いてある丸い小さな石を眺めた。

木組みの土台に恭《うやうや》しく置かれたその石は、水晶のように見える。

ギルドが使用する魔道具《マジックアイテム》のようにも思えたが、違う。あのような石で何をするのだろうか。

トルメトロが石を凝視《ぎょうし》していると、大公がそれはそれは嬉しそうに笑った。

「これは儂がタケルにもらい受けたものだ。通信石と言って、どれだけ遠く離れても意思の疎通が可能となる魔道具《マジックアイテム》だ」

「どれだけ遠く離れても？　ギルドにも似たような魔道具《マジックアイテム》があったが、あれとは違うのか？」

「あれはギルドでしか使えぬだろう。これは、個人が使うのだ」

「何？　それは……そのようなもの、騎士団に配備されれば戦《いくさ》が変わるぞ」

遠く離れたギルド同士で連絡を取り合う魔道具《マジックアイテム》が、個人で利用できるとなれば。善きことにも、悪しきことにも利用されてしまうのではないか。

トルメトロは顔色を変えて大公に視線を戻すと、大公は視線を逸らした。

それはこれ以上石について語ることはないという大公の意思表示。

「今抱えている問題が解決した暁《あかつき》には、お前をトルミ村へと招待してやろう」

急に話を逸らした大公を訝《いぶか》しみ、トルメトロは顔を顰《しか》める。

「貴族らの内情はあまり知らせるなよ。俺は巻き込まれたくない。やべぇ情報は副団長に言ってやれ」

「ガシュマトに闇ギルドが潜伏しておるらしい」

「なんでそんな恐ろしい情報をしれっと言うんだ！　俺は、巻き込まれたくないと、言っただろうが！」

「闇ギルドの名はユゴルスギルド」

「知りたくはないと！」

「エントル商会が暗躍中らしい」

「言うな！　絶対に俺を利用するつもりだろう！」

騎士爵を賜り王城に勤めるようになって数年、トルメトロは貴族らの腹の黒さに辟易《へきえき》していた。

清廉潔白《せいれんけっぱく》では国を動かせぬのは理解しているが、だからといって染まりたくはない。

騎士爵などといった大層なものを背負ってはいるが、社交に興味はなく、着飾ってくるくる踊っている暇があれば鍛錬を重ねたいと豪語するトルメトロだ。

腹黒狸の世界は腹黒狸が躍れば良い。

「飛竜の繁殖がうまくゆかぬ理由が探れるやもしれぬぞ？」

「何だと？」

「儂が話をしてやっても良い」

酒を酌《く》み交わして以来、トルメトロには一切嘘を言わないと誓った大公の言葉。

竜騎士団の要《かなめ》である飛竜が、年々数を減らしている現状。

寝床を変え、餌を変え、水を変えたが飛竜の出生率は落ちる一方。

ストルファス帝国から譲り受けた由緒《ゆいしょ》正しい飛竜の血を、己の代で絶やすわけにはならない。

トルメトロは息を一つ吐き、覚悟を決める。

「情報屋は使うがいいか？」

「リルウェ・ハイズの末端ならば」

「イアンとアイン」

「あの双子か。ならばサイゾウも使え」

「期間は」

「早ければ早いほどに。なるべくならば蒼黒の団を巻き込みたくはない。エステヴァンもだ」

「……やっぱりマティアシュも関わっていやがるのか」

「偶然、ということにしている」

大公が動くということは、国か国王陛下に害を及ぼす事態に陥っているということだ。

新米騎士の時に声をかけられた時から今まで、大公の頼みを断ったことはない。口に出して「頼む」とは言わないあたり腹立たしい。

とまれかくもあれ。

目下は青龍卿が参加する演習を無事に終わらせることだ。

既に浮足立っている騎士が転んだだの腹を下しただのと報告されている。

新米騎士はこの場に連れてきてはいない。なれば勤続五年以上の騎士らが無様《ぶざま》な姿を晒していることになるが、己も人のことは言えまい。

フランマ・モルスンの討伐時、トルメトロは大公の護衛で最前線にいた。

虹色に輝く透明な膜に守られ、灼熱の炎を一切感じることがなかったあの場で。

見たことも聞いたこともない凶悪なモンスターを前に、恐怖どころかとてつもない高揚感を覚えた。
あの時あの場にいた者ならわかるだろう。
死を覚える前に歓喜に震えた。
空駆ける天馬。
愛くるしい小さな竜。
とてつもない魔力で光る門を作り出した魔導士。
目で追うことが叶わないほど素早い攻撃を繰り出したエルフ。
そして。
物語の勇者が。
——ピュッププー
間の抜けた音がした。
聞いたことのない音に、天幕の外で控えていた侍従と騎士らが駆け込んできた。
大公は冷静に彼らを視線だけで静止させると、光を放つあの魔道具《マジックアイテム》に触れた。
「グランツ」
魔道具《マジックアイテム》に一言話しかけると、音が消えた。
『もしもし？　もしもしー、こちらタケル。そちらはグランツ卿の通信石ですか』
『ピュッピュピー』

すぐ傍で話しかけているほどはっきりと声が聞こえる。

「これは……！」

思わず席を立ち上がり、驚きの声を上げるトルメトロ。

『あれ？　どなたかとご一緒でしたか？　これは大変申し訳のないことをいたしました。私、冒険者ランクFB蒼黒の団のタケルが、グラディリスミュール大公閣下にご挨拶を申し上げます』

トルメトロの声が聞こえた途端、畏《かしこ》まるタケルに大公は笑った。それと同時に、タケルは貴族相手の仰々《ぎょうぎょう》しい挨拶もできるのだと感心した。

大公は魔道具《マジックアイテム》から手を放し、続ける。

「ふふっ、この場にいる者は儂が信を置く者だ。気にするな。演習場の支度は整った。思っていた以上に見学者が……無駄に多くの者が参加することになったが、許してほしい」

あの不遜《ふそん》な腹黒狸が素直に謝った。

トルメトロは目を見開いて大公を凝視する。

『グランツ卿、俺だ。第一から第三までを前衛に。後方はできるだけ下がらせろ。数が多いと暴れられぬ者がおる故』

続いて聞こえたのはかつての先輩騎士。

「青龍卿！」

『うん？　誰だ』

「グレルゴティエ・トルメトロであります！」

『おお。久方ぶりであるな、グレゴ』

「はいっ！」

『お主がおるということは、此度の演習は竜騎士団が指揮を執るのか』

「はっ！」

『えっ。スッス、ビー、竜騎士だって！　竜騎士団！』

『大盾部隊は来ているっすか？　おいら、大盾部隊が見たいっす！』

『ピュイ！』

光る石から騒がしい声が聞こえる。

こちらはこちらで青龍卿の声がしたものだから、天幕の外には声を聞きつけた騎士や侍従らがわんさと集まっていた。

竜騎士団団長にあるまじき情報漏洩《ろうえい》。

嬉しさのあまり大声で青龍卿の名を呼ぶなど、大失態だ。

『グランツ卿、こっちの準備は整った。あとは渡してある魔石を配置するだけだ』

「うむ。タケル、大きさは」

『フランマ・モルスンを覚えている？　あれの倍はある。もっと大きいかも。目は見えないけど音に敏感。爪も強靭《きょうじん》。地中深く逃げると困るから、転移門《ゲート》で誘導したらまず演習場の地面を硬化の魔法で覆う』

「そのようなこと可能なのか？」

『ネフェル爺さんに手伝い頼んだ。ユグルが数人とエルフ、あと血気盛んなドワーフ。コポルタも少し。騎士団の皆様にはご迷惑かけまくります』

「迷惑と言うのなら、竜騎士団の飛竜がなかなか繁殖しない理由を教えてもらえるか？」

『ピュッ？』

『え？　飛竜？』

『ピュピィ？　ピュピピューピュピュ、ピュイピュー、ピュー？　ピューピュピュピュープププピ』

『ビー、ビー、今じゃない。ありがとう。でも今じゃないね。グランツ卿、それはあとで俺から説明します。こっち、振動が酷くて、そろそろキノコのお家が壊れそうで』

何をしれっと聞いているのだとトルメトロは叫びたくなったが、光る魔道具《マジックアイテム》からは鈍《にぶ》い振動のようなものが聞こえる。

『転移……えーと、預けた魔石を召喚地点に置いてください。置いたら通信石で合図をお願いします。すぐに逃げてくださいね』

「心得《こころえ》た」

『それではあとで』

「任されよう」

魔道具《マジックアイテム》から声が失われると、光も失われた。

大公は石を手に取り、大切そうに懐へとしまう。

まさかこの魔道具《マジックアイテム》は一度きりの使いきりではなく、幾度も使えるものなのだろうかとトルメトロが驚く。

大公の声色が変わった。

「トルメトロ竜団長、青龍卿の指示は聞いたな」

役職付きで呼ばれたトルメトロは姿勢を正し、即座に動く。

「伝令！」

「はっ！」

傍で控えていた騎士がトルメトロの前で膝をつくと、騎士は腰に下げていた白い筒状の魔道具《マジックアイテム》を取り出し魔力を込める。

伝令騎士が所持することを許された伝令用の魔道具《マジックアイテム》。広い戦場で正しい伝達ができるよう開発された魔道具《マジックアイテム》であり、僅かな時間だけ音を残すことが可能だ。

しかし、音は伝えた相手が聞くと魔道具《マジックアイテム》ごと壊れてしまうという一回の使い捨て。

「竜騎士団トルメトロが大公閣下の名の下伝令。陣形を維持したまま赤線まで後退、第四、第五小隊は白線まで下がれ。陸団魔導騎士と弓騎士を西と東に配備。治癒騎士団は第二竜騎士団と上空にて待機。以上」

魔道具《マジックアイテム》に音を残すと、魔道具《マジックアイテム》の側面は白から黒へと色を変えた。

伝令騎士は魔道具《マジックアイテム》を腰に下げると、大公とトルメトロに深く頭を下げ天幕を出ていった。

天幕に集まっていた騎士らも一斉に慌ただしく動きだす。

指示される前に先を読んで行動に移せ。

入団当時から厳しく言われた教訓に沿い、騎士たちはそれぞれ判断し動きだしたのだ。青龍卿の声が聞こえるからといつまでも野次馬《やじうま》をしていたら、即時王城へ帰還命令を出していた。

大公は演習場の地図を眺め、傍らに置いた杖で中央部分を指す。

「召喚はこの地点で良いか」

トルメトロは頷く。

「王城から距離もあります。見晴らしが良く、他のモンスターが現れた場合にも対処は可能かと。多少の凹凸《おうとつ》はありますが地盤が強固です。演習場を硬化の魔法で……と申しておりましたが」

「フランマ・モルスンを王城から転移させた魔力の持ち主が行うのだ。どのような魔法を使うのかはわからぬが、タケルのことだ。我々が想像もせぬことをやらかすつもりであろう」

冒険者FBランクのタケル。

素性《すじょう》はわからないが、素材採取家として初のFBランクを取得し、青龍卿と共に蒼黒の団を作り上げた男と聞く。

飄々《ひょうひょう》とした喋り口であったが、あの大公に謝罪の言葉を口にさせる男。

本来ならば無防備になる大公を地図の地点まで行かせるわけにはいかない。しかし、進言したところで素直に言うことを聞くような爺《じじい》ならば苦労はしない。

「第三隊のエイルファイラスを呼べ」

まずは目の前の仕事を片付ける。

大公閣下に傷一つつけぬまま王城に帰す。

そして、青龍卿の槍術をつぶさに見てやるのだ。

7　返事は一回！

ガシュマト領とマティアシュ領、両方の領地に迷惑をかけないよう、コルドモールはバリエンテの穴から王都の騎士団演習場へと移動させる。盗掘者たちも一緒に。

狭い洞窟内で巨大なモンスターと戦うわけにはいかない。

マティアシュ領のエステヴァン子爵ならば、バリエンテの穴が潰れたところで領内からモンスターが湧く心配がなくなったと喜ぶだろう。

だがしかし、ガシュマト領のフォールグスタ伯爵は絶対に文句を言う。彼奴《きゃつ》は小さき男故、損害がどうの弁償がどうのと騒ぎ立てるに違いない——とまあ、グランツ卿が憎々しげに言ったわけだ。

もしもコルドモールの出現にフォールグスタ伯爵やエントル商会が関わっていたとしても、ランクS以上のモンスターを放置していた罪を咎《とが》められるだけだ。

そもそもだよ。

そもそも、盗掘者たちがアルナブ族の避難所を目指していたのが気になるんだよ。

なぜ他に逃げなかったのだろう。わざわざ狭い入り組んだ道を選んで、コルドモールを誘導するようにアルナブ族の避難所に来た。

コルドモールの腹の中にエステヴァン子爵の宝があると予想して、どうやってコルドモールから取り出すつもりだったのか。

秘密裏に？　どうやって。

ランクS以上の強さがある災害級のモンスター相手にどうするの。

数百人の精鋭騎士らが命を懸けて対処するような相手に、戦闘能力が高いわけでもない盗掘者が数人で何をするつもりだったのか。

「ピュッ」

「ん？　いや、大丈夫。一人で考えていても仕方ないから、あとで俺の考えを皆に言う。考えすぎだといいんだけど」

「ピュ……ピュィィ」

「なんとかなるって」

俺の悪い考えは当たりやすいのだが、今は黙っておく。

コルドモールを王国騎士団の演習場に転移門《ゲート》で連れていき、そこで騎士団の演習と称してコルドモールを討伐しようというグランツ卿の考え。

そうすればコルドモールの所有権は国になり、現場でたまたま演習を見学していた大公閣下、つまり演習場での最高権力者の権限に置かれることになるのだ。

ついでにランクS以上のモンスターとの騎士団実地訓練。蒼黒の団との連携も図れ、有事の際にはきっと役に立つからと言われてしまえば断る理由がない。

それでは準備をしましょうねと。

俺は俺にできることを頑張った。寝ないで頑張った。

常闇のモンスターとの戦いでは準備が不完全だった。

万を超えるモンスターと戦ったことなんてないから、あんな混戦になるとは思わなかったんだ。

まずは声が聞こえない。声が届かない。

周りはドッカンドッカンうるさくなるだろうから、一人ひとりに小型の通信石を持たせる。首輪にすれば戦闘でも邪魔にならないはずだ。

それから双眼鏡も必要になる。遠い場所での戦闘状況とか、怪我《けが》を負った人をすぐに発見できるように。

アルツェリオ王国で使われている遠くを見るための魔道具《マジックアイテム》は、遠見鏡《とおみきょう》と呼ばれる不鮮明なもの。

遠くのものを鏡に映して眺めるものらしいが、固定式で持ち運びはできない。

持ち運べる双眼鏡や単眼鏡でなければ役に立たないので、ユグルの魔法研究隊に頼んで双眼鏡を作ってもらった。

魔道具《マジックアイテム》としての双眼鏡なので魔力がないと使えないし、最大で十五分しか使えない。難点は多いが、硝子《ガラス》職人と協力して新しいものを開発すると言っていたので任せる。

それから回復隊に魔法の巾着袋に入れた回復薬《ポーション》と魔素水を持たせる。ついでにミスリル魔鉱石《まこうせき》も。

体力と精神力は魔力に直結しているので、魔力が尽きるとやる気も失せる。最悪その場で気絶することもある。

魔力が足りなくて死の危険に晒されるなど、絶対にあってはならない。頭えぐれるのって痛いんだからな。

俺の心配性が遺憾《いかん》なく発揮したわけだが、後悔はない。

小腹が空いた時のための携行食も持ったほうがいいかなと言ったら、長期戦にするつもりはないとネフェルが笑った。

長年平和なアルツェリオ王国だが、平和に胡坐をかいてのほほんと生きていられるほどマデウスは優しくない。

いざという時王国の盾となり剣となる騎士団が臆するようなことがあれば、犠牲になるのは国民なのだ。

「タケル、行けるか！」

激しい振動に揺れるのが疲れるので、空を飛べるイエラ以外の俺たちは浮遊魔法で浮かんでいる。クレイは浮遊魔法が苦手だから、早いところ転移門《ゲート》を設置して移動したいのだろう。声が怒っている。

「了解！　転移門《ゲート》を展開してから結界魔法を解除する。コルドモールが入る前に急いで移動してくれ」

全員が頷くのを確認すると、俺はもう一つの転移門《ゲート》を作るべく魔力を練る。

王国騎士団を信用していないわけじゃない。

彼らは強い。元竜騎士だったクレイが信頼する騎士団だ。

だけど、有事のための演習を想定しているのなら、将来を考えて協力体制を強めていたほうが良いと思うんだ。

そのうちユグルの次期国王陛下が留学予定であるし、どんな種族なのか知ってもらう良い機会。トルミ特区の宣伝にもなったりしないかなと思ったりしていて。

「ふひひっ」

ただただ俺がその景色を見たいがためでもあるのだけど。

「タケル！　こんな時に何を考えて笑《わろ》うておる！　やめい！」

「クレイストン、タケルがあの笑いをするということは余裕がある証拠じゃ！」

「でもおいら、兄貴があの笑いをする時はなんでだか不安になるっす！」

「ピュピ！」

外野が何かうるさいけど、俺のやりたいことができる環境ならば、大いに利用させていただきますよ！

「うわあああああっ！」

人が一人通れるほどの小さな穴から俺たちのいるアルナブ族の避難所へと、死《し》に物狂《ものぐる》いで這い出てきた盗掘者たち。

泥にまみれて顔が判別できないが、女二人と男二人。ずっと走り逃げ続けていたのだろう。顔は怯え恐怖に歪み、涙とか鼻の汁とかが出ちゃって大変なことになっている。視線が定まっていない。あれは恐慌《きょうこう》状態に陥っているのかな。

我に返って騒がれる前に静かになってもらいましょう。

「イエラさーん！」

俺たちの姿を確認される前にイエラへと合図を送る。

イエラは空を飛んだままファルカータを胸の前で掲げると、目を瞑った。

「闇よ、永久《とこしえ》の闇よ。罪なるものを隠す癒しとなれ――睡眠《ソルシュ》」

ファルカータが青白く輝くと、盗掘者たちが叫ぶより前に昏倒《こんとう》。

続いてイエラはファルカータを盗掘者らに向ける。

「我らが神よ導きの大いなる神よ、硬き光を我に与えたまえ。悪しき者を捕らえよ——拘束《ベリース》」

ファルカータの先から伸びた細い小さな光が盗掘者たちに取り巻いたと思うと、昏倒した盗掘者に纏わり付き、光が二重三重にとぐるぐると巻き、最後にキュッと締まった。

あの魔法はユグル族が使っているのをトルミ村でしょっちゅう見ている。主に木材の運搬やゴミ処理なんかで。ちょうど良い長さの紐《ひも》がない時などに利用するとても便利な魔法らしい。いやそういう目的で開発された魔法じゃないだろうけども。

詠唱をすることにより魔法の力は強くなり、持続力を高める。

盗掘者らは四人揃ってキュッと縛られることになり、拘束の魔法で縛られた対象は空に浮かぶ。

イエラがファルカータを納めて光る紐を手に持つと、俺はサムズアップ。

タイミングの良いことに、ビーが抱えていたグランツ卿用の通信石が輝きだした。

あちらの準備が整った合図だ。

俺はユグドラシルの杖を両手で持ち直し、練って溜めた魔法を一気に放出。

「転移門《ゲート》、展開っ！」

広い空間を埋めるように光の門を出現させると同時に、壁が大きな音を立てて破壊された。

コルドモールだ。

「ギュシャアアアアッ！」

真っ黒で、全身に細かい棘《とげ》が生えている。

大きな鋭い爪。硬そうな髭《ひげ》。鋸《のこぎり》刃《は》のような歯がビッシリ。

叫び声に魔力が乗っている。あの声で相手を威嚇《いかく》し怯えさせ、対象が委縮したところをぱくっとするのだろう。恐ろしい。

俺たちという新鮮な捕食対象を捉えると、コルドモールは結界に体当たりをしてきた。

大きい。古代狼より大きい。マンションの五階建て？　いや、広い洞窟の天井までも破壊しているから、十メートル以上はあるような気がする。

あれはモグラっていうよりハリネズミなんじゃないかな！

モンスターやら虫やらが破壊された壁からうじゃうじゃ湧き出てくる。

多足系の巨大虫モンスターを見つけて叫びそうになったが、必死に我慢。フニカフニが泳ぐ川とキノコの家は結界魔石で守っているのでたぶん大丈夫。

それから白い毬《まり》のようなものが複数ボロボロッと溢れて出た。

何だあれはと凝視していると、白い毬は丸まったまま結界内にするりと入ってくる。

モンスターは結界の中に入れないように設定しているのだが、なぜに白い毬は入ってこられた？

「ピュイ！」

ビーが白い毬を指さすと、それはコロコロと転がり続けアルナブ族たちのキノコの家で急停止。

白い毬は球体からパッと身体を伸ばして直立し、威嚇態勢。

両手と両足を広げた独特の姿。

その姿は、まるで。

「あああああっ！」

「なんじゃ！　何を叫んでおる！」

「ブロライト、あそこ！　あれ！　ハンマーアリクイじゃない？　アリクイの威嚇だ！」

俺の知識は前世の地球のものだが、あの白と黒の独特の模様、伸びた鼻、ピンと尖《とが》った耳。

俺が想像していたよりもずっと大きい。レインボーシープより一回りは小さいが、直立して威嚇をすれば大人くらいの背がありそうだ。

「今はハンマーアリクイに構っておる場合ではない！　再度バリエンテへと赴き、ハンマーアリクイを探すしかなかろう！」

クレイに怒鳴《どな》られてしまったが、せっかく見つけたハンマーアリクイを逃したくはない。

ハンマーアリクイが俺の結界をすり抜けたということは、俺にとって害のない相手ということだ。

全部で六……七、八匹。大人が四匹に子供が三匹。一家族かな？

「るーるるるるる！」

俺は必死に叫ぶと、ハンマーアリクイに語りかける。

「ここは危ないから！　キノコの家に避難しておいてくれ！　あとで迎えに来る！　安心安全でご飯に困らない場所に連れていく！」

ハンマーアリクイに俺の声が届いたかはわからないが、ハンマーアリクイたちはキノコの家に避難してくれた。

よし。

あとでトルミ村への移住を頼もう。

仕切り直し。

転移門《ゲート》をコルドモールが通れる大きさに調整して、すぐにでも通れるよう設置。

「でかいな」

ブロライトが屈伸運動をしながらコルドモールを眺めると、クレイが太陽の槍を構え笑う。

「ランクS以上の強さを誇るモンスターであるぞ？　他に言葉はないのか」

「我らは常闇のモンスターと戦《たたこ》うておるのじゃ。このような図体《ずうたい》がでかいだけの相手、百でも連れてこなければ焦りはせん。そうじゃろう？」

きっと強い。

油断すれば即死させられるほど。

余裕があるわけではないのだが、ブロライトの言葉はもっともだ。

「ふん、リルカアルベルクウェンテール、臆したか」

ブロライトが挑発するように言うと、ベルクは不敵に笑いながらコルドモールを眺める。

「はっ、ヴェルヴァレータブロライト、誰に言っている。俺が初めての狩りでブムグを倒した時、お前はむつきで泣くのが仕事だったろうが」

「なっ、何十年前の話をしておるのじゃ！」

「七十……」

「タケル！　私は先に行くのじゃ！　イエラ！　盗掘者らをグランツ卿に引き渡すのじゃ！」

なるほどベルクが狩りをしていた頃、ブロライトはオムツだったのか。

俺は笑いを堪えつつ、転移門《ゲート》を抜けるブロライトとイエラの姿を見送る。イエラは光る紐で盗掘者らを引っ張る。続いてベルクとスッスが転移門《ゲート》の先へ。

「クレイも先に行って状況説明を頼む」

「良いか？　あちらには王国精鋭の騎士団が揃っているのだぞ。くれぐれも、くだらぬ口論はするな」

「さっきのは俺じゃなくてベルクが」

「ピュー」

「気を引き締めろ。此度の経験が騎士にとって貴重な経験となることを忘れるな」

今更騎士団やグランツ卿の前で取り繕っても、俺たちは俺たちだ。統率され訓練された騎士ではない。

騎士団の誰かと話したことで、クレイの中の騎士道精神が目覚めたのだろうか。元々口うるさいけど、いつにも増して細かいな。

まるで軍隊の上官のような小言に辟易しつつ、結界と転移門《ゲート》を維持しながら再度魔力を練る。

「我らにとっても良い経験となる。良いか、我らが大勢の命を預かったと思え」

「はいはい」

「返事は一回！」

「はい！」

「トルミへの道を開け！」

「はーい！」

鬼上官の指示の下、俺は転移門《ゲート》をもうひとつ作り出した。

8　トルミ特別行政区域建設予定地・ベラキア大平原
～コタロの気持ち～

今日は一日じゅう天気が良いと、レオポルンおじいが言っていた。

青い空に柔らかそうな雲が浮いている。雲は美味しそうだけど食べられないとタケルに言われた時、食べられないのは悲しいとモモタが泣いていたのだ。

雲のような甘い菓子があるとタケルは言っていたのだが、僕は見たことがないのだ。いつかモモタに食べさせたいのだ。

む？

タケルのことを考えるとお腹が空くぞ。さっき朝ごはんをたくさん食べたのだけどな。

「コタロさま、どうしました？　わん」

僕がお腹をさすっていると、ジンタが声をかけてくれたのだ。

「ちょっとお腹が空いたのだ。だけどタケルに協力すると決めたのだから、我慢するのだ」

タケルがグランツおじいとお話をして、どこか遠いところで強いモンスターと戦うことになったのだ。

トルミ村を守るエルフとユグルとドワーフが手伝うのだ。

僕だって戦えるのだ。

だけどタケルは僕に声をかけてはくれなかったのだ。

「モモタさまのおそばにおいでになったほうが良いのではないですか？」

ジンタはコポルタの戦士だ。エルフやユグルのように強くはないけれど、僕よりずっと足が速くて、爪も強いのだ。

コポルタの長となる僕の護衛なのだが、僕はジンタに守られるだけのコポルタではないのだ。

「モモタはお前が思うより弱くないのだ。村に残り、新たに生まれる子らを守る役目があるのだ」

少し前のことだ。

フクマルとハナコの間に子ができたのだ。

二人は僕の大切な家族なのだ。

八番目の兄上の親友だったフクマルは、僕の兄上のようなひとだ。

僕の兄上と姉上が皆死んでしまって、落ち込むモモタを励ましてくれたのがハナコ。ハナコは僕の姉上のようなひとだ。

二人の子供は順調に育っている。コポルタは一度に五人以上の子を産むから、きっと五人以上の子が生まれるに違いないのだ。

何人も子を取り上げている産婆《さんば》はトルミの村にいた。コポルタの子は初めてなのだが、彼女は猫獣人の子を取り上げたことがあると言っていたので、きっと大丈夫なのだ。

モモタより小さな子はコポルタにはいなかった。

坑道内で生まれて、でも食べるものが少なくて、皆お空に帰っていった。

だからモモタはとっても喜んで、子らを守る兄上になると言ったのだ。僕のように。

モモタが強くなったのは良いことだ。僕も強くなったのだと証明しなければ、僕はモモタの兄上ではいられなくなってしまう。

「だけど、きっと、カニ狩りのようにはいきません。僕も、少しだけ怖いです」

ジンタは自信がないようだが、僕はひとつも心配なことがないのだ。

「もしも僕たちだけで大きなモンスターと戦わねばならぬのなら、僕も怯えて震えていた。だけどジンタ、周りを見るのだ。わんわん。僕たちには頼もしい仲間がたくさんいるではないか」

不安そうに耳を垂れるジンタの手を取り、周りを見渡す。

そこにはたくさんのエルフと、ユグルと、ドワーフがいる。

トルミ村を守る精鋭たちが揃っているのだ。それに、光る門の向こうにはタケルたちが僕たちを待っているではないか。

「僕たちはタケルの邪魔をしないように、手伝いをするのだ。僕たちができることをすれば良いのだ」

「僕たち……コポルタにもできることがありますか」

「クレイストンは僕たちのれんけい？　れんけいというものが素晴らしいと言っていたぞ」

「れんけい？」

「れんけい？　なにか、僕たちができるすごいことなのだろう」

「すごいこと……」

「頼もしい仲間たちが一緒なのだ。ジンタ、怖くても楽しめば良いのだ」

怖くても仲間がたくさんいるから、怖い気持ちを皆で持てば怖くなくなると。

「僕も怖いけど、怖い気持ちは皆が持ってくれるのだ。だからジンタの怖い気持ちも、僕たちが持てば良いのだ」

タケルは言っていた。怖いって言ってもいいのだと。怖がることは自然なことで、恥ずかしいことではないって。

怖いから戦うのだ。

守りたいから戦うのだ。

「総員、整列！」

ネフェルおじいが杖でとんって地面を叩くと、エルフとユグルがざざざって真っすぐ並んだ。かっこいい。ドワーフたちは並ばなかったけど、ネフェルおじいの傍にいる。

僕たちも真似をして、ネフェルおじいの横に真っすぐ並んだ。

「コタロさま、コタロさま、わんわん」

「どうしたのだジンタ」

「コタロさまの言ったこと、わかる気がします。暗い穴で暮らしていた僕なら、きっと逃げていました。だけど今はどんな強い敵がいるんだろうって、そんなきもちになっているんです」

ジンタの横には大きな槌を持ったドワーフのアゲートおじさんと、ゴームおじさんがいる。二人とも笑っているのだ。

いつもはあまり笑わないエルフたちも、なんだか楽しそうだ。わくわくしているのかな。

僕もなんだかわくわくしてきた。怖い敵がいるところに行くのに、不思議だな。

ネフェルおじいが持っている丸い石がぴかって光ると、皆が一斉に武器を手に取った。僕たちは爪と牙が武器だから、速く走れるように四つん這いになっておしりを上げる。こうしたら速く走れるのだ。

「王国騎士団との連携となる！　彼らを侮《あなど》ることなく、捨て置くことなく、合同戦であることを忘れるな！」

「空舞う竜騎士に気をつけよ。竜騎士が扱う飛竜は王国の宝である。よもや誤射など愚かなことをする戦士はおらぬと思うが、ゆめゆめ己の力を過信せぬこと」

ネフェルおじいとアージェンさまの言葉で、皆のわくわくがなくなってぴりっとした顔になった。

僕も間違えて騎士に噛みつかないようにしないと。

『こちらタケル！　転移門《ゲート》を設置した！　移動先は大勢の王国騎士団がいる演習場だから気をつけて！　ユグル魔法部隊は今から魔力練って！　すぐに硬化の魔法を地面にぶつけるから！』

『ピュピューイ』

ネフェルおじいが持っている丸い石からタケルの声がする。ビーのやつめ。「気を引き締めろ」だって。僕に言ったのか？　おっきなお世話というやつだ。

『転移門《ゲート》、展開っ！』

タケルの声といっしょに、目の前に大きな光る門が出てきた。

この場所から別の場所に移動することができる、タケルが使える特別な魔法。

光る門の向こうには何があるのだろう。

仲間と一緒なら、僕は怖いものなんてないのだ。大丈夫。大丈夫。

「わんわん。頑張るのだ」

たくさんのわくわくと、少しのどきどきが僕をいっぱいにしたのだ。

9　同時刻：アルツェリオ王国騎士団演習場・トルルファ平野
〜マルス・ディタ・エイルファイラス〜

私の名はマルス。

竜騎士団中央司令部所属、第三騎士団第一竜騎士飛竜隊に所属。

第三騎士団第一竜騎士飛竜隊と呼ぶには長すぎるということで、部隊はサンイチの愛称で呼ばれている。

大隊指揮権を所持しているのだが、私の性別が女性であること、父がエイルファイラス侯爵ということもあり、宮廷での警備や王女殿下の護衛を務めることが多い。

そのため騎士団の大規模演習には年に一度しか参加できず、歯痒い思いをしてきた。

女性騎士は男性騎士に比べ圧倒的に数が少なく、おまけに私のような侯爵令嬢が飛竜に跨《また》ることははしたない行為とされ、騎士に憧れる女は相当な変わり者だと言われてきた。

美しい装《よそお》いで夜ごと酒を飲んで踊るより、剣を手に相棒と共に空を駆けていたほうがよっぽど面白い。

アルツェリオ王国の宮廷内では未だ女性騎士に対する偏見があるが、庶民には憧れの職業の一つとなっている。社交界での評判などどうでも良いことだ。

昨今のアルツェリオ王国騎士は家柄や出自を重視しないからな。

努力を積み重ねれば、必ず認めてもらえる。

騎士大学校やストルファス帝国の竜騎士育成機関を出ておらずとも、素養があれば小隊は任されるようになる。

その昔――と言っても、私が入団した頃は家柄が重視されていた。

そもそも騎士は名誉称号の一つ。騎士というだけで身分が保証される。

しかし、ろくに鍛錬もせず家柄だけで入団し、モンスター討伐に参加せず、栄誉ある騎士服を夜会に赴くためだけに利用する愚か者が数多《あまた》いた。

騎士の服を纏えば淑女《しゅくじょ》の気が引ける。騎士は事務官と違って俸給が良いからな。未婚の貴族女性は騎士の嫁になりたがるのだ。

そんな女の憧れを汚す名ばかりの騎士が報告されていた。

とある貴族の子息は酒に溺《おぼ》れ、夜会で女性に乱暴行為を働いたということで現行犯で捕縛。だが父親が高位貴族だという理由で謹慎三か月のみ。部隊を異動しただけで退団はさせられず。

王都の下層で密《ひそ》やかに行われる賭博《とばく》場に騎士服のまま通っていた馬鹿もいた。

冒険者に喧嘩を売り、相手に重傷を負わせた短慮《たんりょ》なクソ野郎もいた。

しかし、皆貴族の子息ということでお咎めはなし。

あんまりだろう。

貴族の一員である私が言うことではないが、貴族がそんなに尊いのか？

無論、高潔な心を持つ騎士は多く在籍している。

だが、不祥事一つで騎士の信用は地に落ちる。

どれだけ鍛錬をしても、どれだけ人を助けても、行い一つで「全ての騎士」が愚かなのだと思われてしまうのだ。

しかし状況が変わった。

昨年のことだ。

恐れ多くも国王陛下であらせられるレットンヴァイアー陛下の御命が狙われ、王城の謁見室に凶悪なモンスターが召喚される事件が起こった。

その際、国王陛下の近衛はおろか、謁見室の警護を任されていた騎士は動けなかったのだ。誰一人。私もだ。

震えた。ただ、幼子のように震えただけだった。

骨の髄《ずい》まで燃やし尽くすような、今まで経験したことのない炎と共に現れた怪物に竦《すく》んだ。

中隊と共にランクBのモンスターと戦った経験がある。幾度もだ。

だがそれがどうした？　今まで積み重ねてきた自信や矜持《きょうじ》が瞬《またた》く間《ま》に消え去った。

死にたくない。

国王陛下の御前で、ただ死にたくないとしか考えられなかった。

そんなみっともない姿を晒した私を叱咤《しった》する声。

――マルス！　竜騎士一同、陛下を背に鋒矢《ほうし》の陣《じん》を張れ！

あの力強い言葉。

あの言葉がなければ誰も動けなかった。

――どのような事態にでも対処するのが竜騎士であろう！

その通りだ。私は何のために騎士になったのだ。我々は何のための騎士なのだ。

国を、陛下を、民を守るために騎士になったのだ。

それからだ。

騎士団の大編制が行われたのは。

実力のある者は上に行き、実力が伴わない者は新人騎士と同じ部隊、または脱退処分。問題行動のある騎士には警告がなされ、行いを改めねば犯罪奴隷に落とされ、犯歴のある高位貴族の子息は密やかに死罪とされた。

竜騎士団団長であらせられるトルメトロ竜団長は庶民の御出だ。

出自にかかわらず功績を挙げた者には惜しみない称賛を与えよ。

騎士団の新たな方針により竜団長は騎士爵を賜った。

本人は「そんな重たい枷をはめるな」と抵抗していたが、大公閣下の推薦を断れるはずがなかった。

そんな大公閣下の尊い御身を守護する役目を仰せつかったのだが、そもそもなにゆえ大公閣下は演習を見学なされるのだ。

ただ私は大公閣下の護衛の任に就けと命じられただけ。

竜団長が指揮を執る演習に私が急遽参加することが決まったのも、今朝のこと。

街道や近隣の町にモンスターが現れたという報告ならばともかく、前触れもなく演習が即日に実施されるのは初めてのことではないだろうか。

「エイルファイラス……と、言ったか。マルス・ディタ・エイルファイラス。コルムの三女であるな」

見渡す限り岩場の演習場中央部分で、大公閣下は膝をついたままの私に問うた。

社交界には一切出ない私のことをご存じとは。

「はっ！」

「グラディリスミュールの名に於《お》いて許す。其方《そなた》は儂に聞きたいことがあるのだろう？」

大公閣下が名を名乗り、「許す」と申された。これは大公閣下への質問を許されるのと同時に、不可解に感じているだろう胸の内を明かせという「命令」だ。これに抗うことはできない。

「はっ！　騎士団の演習に大公閣下が参加されるのは初めてのことであります。もしや此度の演習はいつもとは違う何かがあるのでしょうか」

「まあ、それはそうだな。儂も演習を眺めたいと何度か進言したのだが、陛下が儂だけずるい……いや、うん、儂の身を案じてくだされてな。赴くことは叶わなかったのだ」

「尊き御身に何かあってはなりませぬ。無論、我ら騎士団は閣下の御身を危険に晒すような真似はいたしませぬ」

「心強いことだ。ならば此度の演習も良き働きを期待しよう」

「はっ！」

つまりが何なのだ？

大公閣下が特別にご参加されているのはわかった。だが、なぜなのかはわからぬまま。

私は再度疑問を口にしようとしたが、大公閣下は懐から水晶のようなものを取り出した。

あれは何だろうと思っていると、大公閣下はその水晶を地面に置いた。そして更に懐から丸い石を取り出し、石を二回叩く。

一体何をなされたのか。

「さ、エイルファイラス大佐よ。空に逃げよ」

「は？」

「儂を乗せて飛竜で空に逃げるのだ。三度は言わぬぞ」

「は！」

言われるがままに大公閣下を私の飛竜――キーヴァに乗せると、キーヴァを宥めながら私も急いで跨《またが》る。

「声が届かぬのは不味《まず》い。ならば……このあたりか。エイルファイラス大佐よ、高度を維持し旋回を続けよ」

「はっ！」

「さて、特等席だぞ」

大公閣下はお気でも触れてしまったのだろうか、等と大変無礼なことを考えていると。

先ほど大公閣下が地面に置いた水晶が眩く光りだすと、何もない中空に楕円《だえん》状の門が現れた。

なぜ白い光を放つそれを門と思ったのかはわからない。

ただ、とてつもない気配を感じたのだ。

騎士団は直《ただ》ちに戦闘態勢を取る。見慣れた光景だが、統率が取れた一糸乱れぬ動きは見事。

だが騎士団を誇りに思う間はない。乗竜中は決して暴れることのない相棒が、突如動きを乱す。

「グギャアッ！」

「落ち着けキーヴァ！　閣下！　鞍《くら》の前橋《ぜんきょう》に取り付けられた握りを決して放されませぬよう！」

「承知した！」

何があっても感情を乱さぬよう訓練したキーヴァが、警戒を露《あら》わに叫んだ。

空の覇者である飛竜が怯えを見せた？　そんなまさか。

悪寒《おかん》がする。あの光の門の向こう、何かがいる。

まさかこれが演習の目的？　大公閣下が置かれた水晶は何なのだ！

「閣下、あれは一体……」

「お？　誰ぞ来るぞ」

「来る？　あれはやはり門なのですか？」

光る門を上空から見下ろすと、門の中央部分から確かに何者かの影が。

「おお、随分と広い演習場じゃのう！　これだけ広ければ、存分に戦うことができるな！」

小柄な……いや、上背のある女性？　いや、少年……いや、エルフだ！

独特な形状の双剣を両手で持ち、エルフは嬉々として飛び跳ねる。

「ブロライト、先にこれらを捨てたい。どこに投げれば良いのか」

続いて光る門から出てきたのは、翼の生えたエルフ！　いや、エルフの背に翼はないはずだ。しかし、王宮の近衛兵のような礼服を身に纏ったエルフが空を飛んでいる！

「投げちゃ駄目っすよイエラさん！　近くの騎士に任せるっすー！」

巨大な刀を手にした黒装束の小人族が現れた。

そして、美しい造形の弓を背負ったエルフがもう一人。

「近くに騎士などおらぬではないか。やはりそのような奴ら、捨てれば良い」

「駄目っすよー！」

捨てる捨てないと何の話をしているのだ。

まさか翼のエルフが引っ張っているものか？　あれは人ではないか！

小人族は慌てて翼のエルフが引っ張っている――気を失っている三人を縛り上げている綱を引き取ると、とてつもない速さで近くの騎士の元へ向かった。

いや、初めに現れたエルフの名に覚えがある。

ブロライト。翼のエルフは確かにその名を呼んでいた。

「ブロライト殿か⁉」

声の届くぎりぎりの距離でキーヴァを飛ばすと、エルフの御仁がこちらを向いた。

「おおお？　そこなるはマルス大佐か？　おお！　グランツ卿もおるではないか！」

あの美しき長い髪を切ってしまったのか？

いいや、今はそんなことを言っている場合ではない。

「ブロライト殿！　そこなるはベルク殿か？」

恐らく私の後ろで手を振っているだろう大公閣下が大声で言う。

「ベルク殿もいらしていただけたのか？　ユグルの翼の戦士までも！　これは心強いことよ！」

愉快そうに笑われている大公閣下だが、私は状況についていけない。

巨大な光る門だけでも圧倒されたというのに、光る門から蒼黒の団のブロライトが現れたのだから。

ひらりと宙を舞う翼のエルフは、我らの傍へと近づく。

キーヴァが威嚇をしない。

ともなれば、私に害為すものではない。

騎士の礼服のようなものを着ているが、アルツェリオ王国では見たことのない衣装だ。

とても繊細な刺繡《ししゅう》。光に反射してきらめく小さな宝石。装飾品も見事だ。

灰青色の肌。そして、頭に角《つの》。

エルフではない。

「閣下、御前にて失礼いたします。私はユグルのイエラ・ハッラ。冒険者タケルから言伝がございます」

優しい透明感のある声で翼の御仁は女性であることがわかった。

イエラ殿は私と同じ騎士であろうか。

何処《いずこ》の国の。

聞きたいことが次から次へと溢れそうになる。

「伺おう」

「総勢五十名が参加いたします。これでも数は絞りました。コポルタ族を捕まえようとする人は容赦しない――そうです」

「王国騎士にそのような愚か者はおるまい」

「拡声をいたします。これからの事態に備えられるよう」

イエラ殿は腰に下げていた剣を手に取ると、音もなくそれを抜く。

私も腰の剣に手をかけたが、大公閣下に制止される。

するりと抜かれたイエラ殿の剣は女性が持つには少々武骨《ぶこつ》で、しかし濃い魔力の波動を感じる業《わざ》物《もの》だ。その剣がぼんやりと光を放つと、イエラ殿は目を瞑る。

「風よ、奏《かな》でし音を広げよ――拡声《テナス》」

瞬時に練られる魔法。

このような素早い魔法は見たことがない。王宮で働く魔導士よりも、ずっと速い。

あの剣が魔力を放つ媒体なのだろうか。しかし魔導士が持つ杖には思えない。どう見ても鋭利な刃を持つ剣だ。

聞きたい。

教えてもらいたい。

知りたい。

だが何よりもまず確認が取りたい。

この場にブロライト殿がおられるということは、もしや！

慌てて光る門を見下ろすと、そこには大きな影。

ゆらりと蠢《うごめ》く影。

影は次第に一つの塊になり。

その姿を捉えた誰かが叫んだ。

「青龍卿！」

………叫んだのは私だった。

10　こんなところで泣き叫ばないで！

「騎士団に告ぐ。我が名はグランツ・グラディリスミュールである。竜団長の伝令で聞いたとは思うが、これから騎士団の演習を始める。此度の演習に参加……いや、我らはその戦う様《さま》を見せていただく立場だな。余裕があれば動け。動けぬのならば、せめて戦闘の邪魔にならぬよう、己の目に焼き付けるのだ。目を逸らすな。決して逃げるな。此度の演習は黄金竜をいただく蒼黒の団、そしてトルミ特別行政区域警備隊との合同訓練と心得よ！」

こちらタケル。最前線でお届けしております。

開けた転移門《ゲート》の向こう側。

イエラの拡声魔法を使い、広大な演習場の隅々《すみずみ》に広がったグランツ卿の力強い声。

転移門《ゲート》を遠巻きに取り囲んでいるのが騎士団か。凄いな。

最前列が大盾騎士。その後ろに剣や槍を構えた騎士が待機。更に後ろに弓騎士や魔導騎士がいる。

空を飛ぶ竜騎士の後ろの席に乗っているのは、白い装束の騎士。治癒魔法や治癒薬を配る騎士だろう。

かっこいい！

とにかくかっこいい！

こんな大勢の騎士を見るのは初めてだ！

今回の騎士団の演習には勤続五年以上の団員が参加していると言っていた。騎士団の内情は知らないが、五年も騎士やっていれば強いモンスターとの闘いは経験しているだろう。

でもランクSのモンスターってなかなか遭遇しないんだっけ。そこかしこに災害級のモンスターがいたら困るからな。

グランツ卿のお言葉が演習場に響き渡ると、地鳴りのような、とんでもない歓声が沸き起こる。

甲冑《かっちゅう》を纏った騎士たちが地面を踏み鳴らす音と、大盾を構えた騎士たちが盾で地面を叩く音が歓声に混ざり、爆音と振動でコルドモールが興奮している。

イエラが引っ張っていった盗掘者たちに釣られ、コルドモールの身体が全て転移門《ゲート》を通った。

俺も続いて転移門《ゲート》を通ると、燦々《さんさん》と輝く太陽に目を細める。お日様って偉大。

＋＋＋＋＋

「グギュアアァァァ！」

急に眩い光に晒されたコルドモールは、苦しそうに頭を抱えた。

威風堂々《いふうどうどう》とした漆黒の巨大モンスター。

叫び声一つで騎士らの覇気《はき》を吹き飛ばし、その心に恐怖を植え付けた。

さっきまで興奮して歓声を上げていた騎士らの表情は、絶望に染まっていた。

空を旋回している飛竜らが、コルドモールを威嚇するように叫んでいる。乗竜中の竜騎士が慌てているようだ。

「ピューイーーッ」

ビーが鳴いた。

楽しそうに笑っている。「大丈夫だよ」だって。

飛竜たちはビーの姿を捉えると、歓喜の声を上げた。「ギャアアアッ」「ギュアアアッ」と叫んでいるから、喜んでいるようには見えない。

歴戦の勇士ならばコルドモールの脅威《きょうい》を肌で感じ取るとクレイが言っていた。

俺には各種耐性の異能《ギフト》があるから、怖いとか逃げたいと思ったことがない。大きいなとか、

ちょっと匂うなとか、素材になる部分は傷つけないように採取したいな、なんてことを考えている。

「ネフェル爺さん、頼んだ！」

もうひとつの転移門《ゲート》から出てきたのは、トルミ村の北部にあるベラキオ大平原で待機していたトルミ警備隊の面々。

「魔法隊、放て！」

ネフェルの号令でユグル魔法隊が杖を構え、溜めていた魔力を一斉に放つ。

「硬化《ハード》！」

既に詠唱を終えていた魔法隊は大地に杖を突き刺し、大地に魔力を練り込むように浸透させていく。

ごつごつしていた岩場であった大地は、魔法隊のおかげで更にカッチカチ。数十人のユグルの魔力で張られた硬化の魔法だ。硬化の魔法を破るには、魔法隊の魔力を上回る魔力がないと敵わない。

地面をつるつるにしないよう、多少の凹凸もつけてもらった。足の踏ん張りが利かないと困るからな。

地面に潜られたら意味がない。王都近郊にモンスターを放つわけにはいかないのだ。

踏みしめている大地の異変に気づいたコルドモールは、更に怒りを増した。

「弓隊、構え！」

続いてベルクの号令。

俺が魔力増強の魔法を矢に放たなくとも、エルフが構える矢の矢じりは全て強い炸裂《さくれつ》の魔力が込められている。ドワーフが矢じりを鍛練し、ユグルが魔法を込めた特製炸裂矢。ランクDのモンスター相手に試射をしたらば、対象は弾け飛んだらしい。怖い。

圧倒的な戦力を誇るトルミ警備隊は、今回の演習に嬉々として参加してくれた。

王国騎士団に経験を積ませたいというグランツ卿の頼みを聞き、ならば補佐としてトルミの警備隊も協力しようとネフェルが乗ってきたのが発端。

騎士団も多種族で構成されているが、ほとんどが人族と獣人族。

エルフやユグルは珍しい種族だし、きっとジロジロ見られてしまう。見慣れている俺でさえ、彼らが戦う姿に魅了されてしまうから。

そういった視線に耐えられ、何かよくないことを囁かれたとしても逆上しない人を条件にした。

騎士団が陰口を言うとは思わないが、何事にも絶対はないわけで。

二十人くらいに協力してもらうつもりだったのに、五十人以上に増員された。これでもかなり参加者を減らしたのだ。

初めトルミ警備隊の全員が参加を希望したのだが、全員こっちに来ちゃうとトルミ村が無防備になるけど大丈夫かな？　と言ったら六割以上がトルミ村に残留を希望し、残りの四割で壮絶なるクジ大会を行い、参加権を勝ち取った面々が合同演習に赴くこととなった。クジ大会は好評だったので、トルミ村大クジ大会を今後開催予定。

コルドモールをバリエンテの穴から別の広いところに移動させ、そこで倒せたら良いのだ。クレイたちも広い場所で思いきり戦えるだろうし。

アゲートとゴームに至っては絶対に連れていけ、さもなくば毎日早朝俺の部屋の前で歌ってやると脅《おど》されました。

そんなドワーフ二人は身の丈よりも大きな槌を背負っている。

「おうおうおうっ！　でっかいなゴームよ！」

「おうよ！　これだけでかけりゃ、親方が望む素材が手に入るってもんだアゲートよ！」

「あの尖った毛は加工すりゃあ槍の穂先になるんじゃねぇか？」

「歯は大剣になるかもしれねぇぞ。おうおうっ、無駄にでけぇモンスターは宝にしか見えねぇなぁ！」

なんだろうこの柄《がら》の悪い連中。

ドワーフは気難しくて頑固でうるさいってイメージなのだが、そのイメージを裏切らない二人はとても目立っていた。

「騎士団諸君！　我ら弓隊により先陣を切らせていただく！」

拡声魔法で広く声を伝えたベルクは、騎士団からの返答を待たず片手を挙げた。

「弓隊、放てーーーっ！」

ロボットかなと思うほど一糸乱れぬ弓部隊の動きと、空に放たれた無数の弓矢。

ベラキア大草原で何度か練習風景を見ているが、やはり感動する。矢がキュッという甲高い音を立てながら空に消えたかと思うと、一瞬音が消える。あれれ矢はどこに行ったのかなと思う間もなく、空から雨のように矢が降り注ぐのだ。

おまけに、今回の矢は炸裂矢じり。ひとつひとつがコルドモールに突き刺さると、激しく爆発する仕組み。

「グギャアアアッ！　ギャアアアッ！」

コルドモールが叫んだ。

細長いギザギザの尾を激しく振り回し、弓隊に襲いかかる。

しかし弓隊はその場を一歩も動かず、第二射を構えた。

すかさずユグルの飛行部隊が空を飛んだまま盾魔法を展開。ネフェルと弓部隊をまるっと包み込んだ力強い盾魔法は、コルドモールの攻撃を完全に防ぐ。

トルミの警備隊は複数の部隊に分かれている。

弓が得意なエルフを中心とした弓隊、空は飛べないけど魔法が得意な魔法戦士隊、攻撃魔法隊、補助魔法隊、治癒魔法隊、空が飛べる飛行隊は剣に魔法を乗せる飛行魔法戦士隊、魔法だけで攻撃する飛行魔法隊、補助魔法や治癒魔法を主とする飛行治癒隊と細分化されている。

基本的に盾は使わない。魔法で防御が可能だから。

しかしそのうち盾部隊や伝令隊も作りたいとアーさんは笑顔で言っていた。きっと近々実現するだろう。トルミ村は独立国じゃないんだけど、そんなガッチリとした部隊は必要なのだろうか。

弓隊の矢が命中したことで、ブロライトが動いた。

ジャンビーヤを掲げ祈るように空を仰いだと思ったら、次の瞬間にはコルドモールの鼻面にバッテン印を入れていた。

弓隊の第二射も全て命中。コルドモールの顔面から真っ青《さお》な血が散る。

「ゴラァ！　ベルク！　何やっていやがる！　皮を穴だらけにするんじゃねぇ！」

「一点集中できねぇのか！　余計な傷をつけんな！　服飾職人らにどやされっぞぉ！」

柄の悪い二人が怒鳴った。

いやいや、空気を読みなさいよ。

貴重な素材だからとはいえ、まずは討伐することを優先してもらわないと。

そんな二人よりももっと目立つ存在が、もふもふっと。

「タケル！　タケル！　大きくて黒いのだ！」

「おっきな鳥のやつよりおっきいよ！」

「怖いけど、怖いけど、真っ黒でたくさんのやつよりは怖くない！」

転移門《ゲート》を通って真っすぐ俺の元へ来たコタロたち豆柴軍団。

騎士団諸君には大変申し訳のないことをしている自覚はある。

情報量がとんでもないよな。わかるよ。

急な演習だと言われ、集ってみたら巨大モンスターの出現。王都では滅多に見かけることのないエルフ族がわらわらと。王都でも見られないユグル族と。ガラの悪いドワーフが巨大槌でどっかんどっかん戦い、豆柴もふもふコポルタがやんややんやの歓声を上げている。

おそらくきっとグランツ卿は前もって細かく説明をしていないだろう。

トルミ特区から手伝いが来る、そのくらいしか知らせていないはずだ。もしかしたらそれすらも説明していない可能性がある。

騎士たるもの、想定外の事態にも冷静に対応できなければならぬ。とかなんとか、クレイみたいなことを言いそうだ。

そんなクレイは中央司令部の近くに行っている。

黒い獣人族かな？　クレイに負けないほど大きな騎士と何かを話している。

俺たちは俺たちで戦い、クレイは騎士団にお伺いをしてから参戦すると言っていた。騎士団の演習場を借りる立場なのだから、俺も挨拶すると言ったのだが断られた。なぜに。

「ピュイ？　ピュー」

「ビーも戦いたかったら行ってこい。ただし、飛竜たちに配慮はしろよ？　ここは彼らの縄張りだ」

「ピュイ！」

「良いお返事」

ご機嫌で空を飛ぶビーを見送り、俺はユグドラシルの杖で自分の肩を叩く。

今回の俺は参戦しない。補助と防衛に徹する。

騎士団という大勢の目に晒される場で、俺の本領を発揮するなとクレイに忠告されているのだ。貴族からの勧誘が増すと脅されれば、後方でコソコソ支援するしかない。面倒なことは御免だ。

あくまでも騎士団の演習がメイン。

ランクS＋＋のウラノスファルコン戦を経験しているトルミ警備隊はともかく、ランクSモンスターを間近で見た騎士団は、まず動けないだろうとクレイは予想していた。

クレイが竜騎士団に所属していた時もランクSのモンスターは目撃されていない。

どれだけ鍛錬をしても、どれだけモンスターの討伐を経験していても、ランクSモンスターというのは格が違う。

纏う空気が、放つ覇気が、叫ぶ声が、全てに恐怖を与える。

獲物として捕捉したものを逃さない。歯向かうものに容赦はしない。生きるために食う。生きるために戦う。

ならば全力で抗う。コルドモールを見つけてしまった者の責任。

話が通じる相手ならばともかく、見たものを全部殺しちゃう系モンスターは人と共存ができない。話が通じたところで殺意を向けられたら抵抗するけども。

俺は弓隊の背後に回って見学態勢。いつもは隣で何かしら食って見学しているプニさんは未だ戻らない。

どこの空を飛んでいるのか。それとも、魔素がない場所で行き倒れているのか。

プニさんに何か危険が迫っているなら、あの緑の化け物《リベルアリナ》が助けを求めるだろう。会うたびにくだらない口論をするが、なんやかんやで互いを気遣い合える二人だ。

それともプニさんとリベルアリナ、二人揃って何かやらかしているとか？　ルセウヴァッハ領の未開地で密かに桃源郷《とうげんきょう》を作っていたりしないだろうな。やだやめて。

「タケル」

上空から声がかかる。

濃い緑色の飛竜の背から、グランツ卿が手を振っていた。飛竜を操っているのは懐かしのマルス大佐だ。相変わらずかっこいい。

「グランツ卿、マルス大佐」

呑気に挨拶をしている場合ではないが、ここはユグルの強固な結界に守られている。コルドモールはブロライトを攻撃対象とし、目にも留まらぬ速さで攻撃を続けるブロライトに翻弄されていた。

美しい飛竜が俺の前に静かに降り立つ。

見た目は野良の飛竜と変わらないはずなのに、目が優しい。長い睫毛《まつげ》。轡《くつわ》を噛んだ剥《む》き出しの歯は真っ白。

飛竜は真っすぐに俺を見つめ、僅かに頭を下げた。

「グルル……」

「こんちは。俺はタケル。貴方は？」

「グルルル」

「キーヴァ。宜しくキーヴァ」

とても丁寧な挨拶をされてしまい、俺は驚く。

竜騎士の絆の飛竜は、とても礼儀正しい。

グランツ卿がキーヴァからひらりと飛び降りると、笑い声を上げた。

「絆の竜とも話ができるのか？」

その通りだけども、竜だけじゃなくて穏やかな性格をした動物の気持ちはなんとなくわかるのだ。秘密だけども。

グランツ卿は俺が常日頃ちびっこ竜と話をしているのを知っている。

恐らく竜種の声ならわかるのではと予想をしたのだろう。

俺は片足を引き胸に手を当て、頭を深々と下げる。

「グラディリスミュール大公閣下におきましてはご機嫌麗《うるわ》しく」

「良い、良い、許す」

マルス大佐の前なので大公閣下に失礼な態度を取らないよう気をつけたのだが、グランツ卿から許しを得た。

そんなわけで遠慮なく姿勢を崩す。

「とても綺麗な竜ですね。こんなに礼儀正しい竜と会うのは初めてだ」

それに花のような、甘いクチナシの匂いに似ている。

比べたら激怒するだろうけど、ビーの匂いとは大違い。

キーヴァは尻尾をゆらりと動かすと、顔を俺の身体に摺り寄せてきた。可愛い。少しおっかないけど。質感もビーとは違うな。頭は少しカサついている。可愛い。

「……キーヴァが私以外に心を許すとは」

マルス大佐が驚愕に顔を歪める。

「心を許すというより、俺にビーの匂いとか気配が残っているからだと思う」

「ビー？　とは？」

ああ。

マルス大佐はビーと会っていないんだった。

以前王都でマルス大佐にお世話になった時、ビーはレインボーシープの着ぐるみを着てなるべく外に出ないよう気をつけていた。

なんせドラゴンだからな。しかも古代竜の子供。目撃されたらとんでもないことになる。竜神信仰の熱烈信者はビーを拝み倒して祀り上げて保護という名の隔離をして、ともかくなんやかんやと主張して俺とビーを引き離すだろう。

今回の演習でビーの姿を晒すのもどうかなと思ったが、成長したビーを捕まえようとする馬鹿はいないだろう。いざとなったらビーに本来の姿になって逃げてもらえば良い。

あの子は自由なままでいてほしいんだ。

「ピュイィィィィ……」

やっべえ。

見つかった。

コルドモールとの戦いを放棄したビーは、はるか上空から俺目掛けてまっしぐら。

「ピュイィィィィィ……！」

俺がキーヴァと接触というか、俺がどさくさまぎれにキーヴァの頭を撫でたことに気づいたんだ。

「ビー！　そのままこっちに来るな！　落ち着け！　今のは挨拶！　あーいーさーつー！」

「ピュイイイィッ！　ピュー！　ビュビィィ！」

「こんなところで泣き叫ばないで！　コルドモールをどうするんだ？　噛んでやるんだろ？　でも美味しくないからすぐにぺってするんだぞ？　俺はお前が心配だからな！」

「ピュイ！　ピュピュ、ピュ～ゥ？」

「はい、ゆっくりゆっくり、お前も紹介するからな。ゆっくりおいで、はーいよしよしよしよし」

「プー」

成長したビーの猛烈な抱擁《ほうよう》を受け止めるはめにならなくて良かった。本当に本当に良かった。あのままの勢いで飛び込んでこられたら、硬化《ハード》をかけた大地に穴を開けていただろう。クレイに怒られるのは俺なんだからな。

不貞腐《ふてくさ》れたビーは俺の頭にしがみ付き、俺の頭をガッチリと掴む。痛い。

「マルス大佐、コイツがビーだ。俺の相棒」

「ピュイ!」

「そうだね。一番の仲良しです」

そういえば人慣れした竜に近づくのは初めてかもしれない。竜種のモンスターなら遭遇しまくっているが、挨拶なんてしたことなかったからな。

ビーは嫉妬《しっと》を隠そうとせず、キーヴァに威嚇。

「ギュオッ」

キーヴァは数歩退くと、頭を必死に下げた。古代竜としてのビーに対する最大の敬意の表れなんだろうが、時と場所が宜しくない。

キーヴァだけではない。いつの間にか俺たちの上空を旋回していた飛竜たちが、一斉に叫び始めた。

「キーヴァ、如何《いかが》した!」

異変に気づいたマルス大佐は慌ててキーヴァから降りると、暴れるキーヴァを必死に宥める。

ビーの威嚇で飛竜を怯えさせ、竜騎士の隊列を乱してしまった。

これは宜しくない。大変宜しくない。あとでクレイに怒鳴られることが確定。

グランツ卿は嫉妬深いビーを知っていたからか、腹を抱えて笑っている。マルス大佐はキーヴァを宥めつつ、グランツ卿の身を案じ、モンスター討伐演習の最前線だというのにオロオロと慌ててしまっていた。あとで確実にクレイに殴られることが決定。

ここからクレイが何をしているのかわからないが、飛竜の異常事態にビーが絡んでいることは明白。元凶が俺だということも察しているだろう。俺のせいかなあああああ。

「やめなさい。竜が怯えたら竜騎士が巻き込まれる。ビー、やめなさい。メッ」

「ピュプ……」

「終わったら焼きカニ蒸しカニ……カニのしゃぶしゃぶ、カニ鍋」

「ピュオッ！」

「飛竜に迷惑をかけないよう、モグラの鼻面でも引っ掻いてやれ！」

「ピューーーーィィーーーーッ！」

ビーが騎士のような敬礼をビシッとすると、くるりと反転してコルドモールの顔面へと飛んでいった。

エルフ弓隊は第八射くらいを命中させている。

コルドモールは更に怒り心頭。あの数えきれない炸裂矢を全て受けているのに、そんなの知ったこっちゃないと猛《たけ》り狂っていた。

「勇ましき心意気じゃ！　我らに立ち向かうその気概、天晴《あっぱれ》じゃ！」

「暗き闇を好むなら、私が奈落《ならく》の底へと突き落としてやる！　爆裂紅蓮斬《ザード・グスール》！」

ブロライトとイエラの高らかな笑い声が聞こえた。あの二人を共闘させるんじゃなかった。イエラの必殺技めちゃくちゃかっこいい。

「グルル、グルルル……」

ビーが鳴いた「ピュオッ」で、キーヴァたち飛竜が落ち着きを取り戻した。

各々隊列に戻ったおかげで竜騎士たちも攻撃態勢に入ったようだ。

まさかのビーの本気の嫉妬には慌てた。まさかキーヴァに「こっち来るな」と怒るとは思わなかった。

北の大陸を守護する炎神には嫉妬の欠片《かけら》も見せなかったのに、飛竜となると敵意剥き出し。

しかし、誰彼構わず嫉妬して威嚇するのは金輪際《こんりんざい》やめさせないと。

子供だから、可愛いからと許していたが、今やビーはアレでも立派な成竜なのだ。中身は全く伴っていないが。

ところでマルス大佐の絆の相棒。

後ろに退く怯えを見せたが、腹はしっかりと守っていたようだ。さすが、母は強し。

さて、グランツ卿に頭を下げてマルス大佐には更に頭を下げて謝罪をしなければ。

クレイには怒鳴られる前に殻付きの蒸しカニを渡してやれ。

11　同時刻：アルツェリオ王国騎士団演習場・トルルファ平野　～陸騎士団第一大盾部隊隊員・パンペ・アスフィロタ～

己の知識と経験によって培《つちか》われた自信が、全て失われた瞬間でした。

両手に持つ相棒の盾が小刻みに震えます。

はるか遠くで暴れ狂う黒い山――凶悪なモンスターの叫び声がここまで届いたのです。

モンスターの叫び声で震える手は、そのまま全身へと伝わりました。

私自身が震えていたのです。

生まれてこの方、数多《あまた》のモンスターを屠ってきました。ランクFからランクAまでのモンスターを、幾度も。

私たち第一大盾隊は有事の際部隊の最前列に配置されます。

騎士団盾部隊のなかでも大盾部隊はエグラリー産の一角馬より背が高くなくてはなりません。

私は大牛《おおうし》獣人族であり、そこらへんの男よりも力が強く、強靭な肉体を持っています。

女だてらに騎士団の最前列に、などという批判の声もあります。

女なのだから無理をする必要もないのだと、案じる声もありました。ですが、心配をしていると言いながら二言目には「はしたない」と言うのです。

私は大盾部隊の仲間が好きです。私自身もこの大盾が大好きなのです。

図体がでかく、筋肉質な私は男にしか見えません。大牛獣人族のなかでは華奢なほうだと思うのですが、友人の大猪《おおいのしし》獣人族のイヴァは信じてくれません。本当のことなのに。

私が淑女のように着飾ったところで奇異の目を向けられるだけ。ひらひらとした鮮やかな色をした衣装より、輝くばかりの装飾品より、私は武骨な鎧《よろい》を着られることを誇ります。

人族には重たく戦闘には不向きだと言われている大盾ですが、この盾で私は戦いに挑むことよりも仲間の命を守ることを選んだのです。

盾も加工次第では立派な凶器になるもの。

地面に突き刺した盾の先は、鋭利な棘《とげ》がついています。王都に住むドワーフ族のおじさまが、私にだけ特別と言って作ってくれました。

ですから、この盾がある限り私は無敵だと思っていたのです。

どんな敵が相手でも蹴散らして、攻撃を受け止め、守ってみせると。

「グギャアアアッ！」

そんな私のちっぽけな勇気はあのモンスターの叫び声によって消されました。

歯がカチカチとうるさく鳴ります。視界が涙で曇りそうです。

身体の芯が凍ってしまったかのように、身動き一つ取れないのです。

どうしよう、怖い、嫌だ、逃げたい。

だけど。

怖くて逃げることさえできない。

なんて、なんてみっともない。

「あのっ！　すんませんっす！　ちょっと、お願いしたいんすけどー！」

誰か一人でも後退してくれれば、私もそれに倣《なら》えるのに——

そんな騎士にあるまじき愚かな考えすらしだした私に、大きく手を振る小さな人が駆けてきました。

小さな人はリルウェ族。

騎士の支援部隊にも何人かいますが、ずっとずっと後方で待機しています。

小さなリルウェ族が演習の最前線にいるなんて！

「あな、あなたっ、なっ、なにをっ！　して、いるのっ！」

必死に呼吸を繰り返し、なんとか声を出そうと藻掻《もが》きます。

ああ情けない。

自慢の盾を装備しているというのに、私は恐怖におののいて声すら出せないの？

私は騎士団所属。誰よりも先に防衛線を張る要《かなめ》の盾。彼を守らなければ。

からからに渇いていた喉に無理やり唾を送ると、私は叫びました。

「あなた！　危険だわ！　逃げてちょうだい！」

「あっ、すんませんっす！　ちょっと荷物を預かってほしいんすけど！」

なんとか絞り出した声にリルウェ族が反応してくれました。

「おいら、蒼黒の団に所属している冒険者スッス・ペンテーゼって言うっす！」

「そっ、こく……」

「そうっす！　よろしくお願いしますっす！」

巨大なモンスターが暴れる演習場。

よろけそうになるほどの振動が続くなか、私の目の前にいらしたリルウェ族のペンテーゼさんは笑顔で頭を下げました。本当に、小さい人です。私の膝より下に頭がある人です。

私も釣られて頭を下げたら、固まっていたはずの身体からふわりと力が抜けました。

両隣にいた同じ部隊の仲間たちも、少しだけ肩の力が抜けたように思えます。

「わ、わた、私は、陸騎士団第一大盾部隊隊員・パンペ・アスフィロタと申します」

「アスフィロタさんっすね。おいら騎士団のなかでも大盾部隊に憧れているっす！」

「えっ、ええと、それは、うれしい、です」

「へへっ」

「うふふっ」

ペンテーゼさんのキラキラとした目で「憧れている」だなんて言われてしまったわ。

どうしよう、とっても嬉しい。

「あの、お願いがあるんすけど。この引っ張っているのは盗掘者っす。闇ギルドに所属している犯罪者を捕縛したので、一時保護をお願いしたいんす」

心に余裕がなくて見えなかったけれど、ペンテーゼさんは光る細い紐のようなものを引っ張っていました。

細い紐に繋がる先には、ふわふわと浮かぶ三人の冒険者のような人たちが眠っています。

「睡眠と拘束の魔法がかけられているっす。術者であるイエラさんが気を失わない限り、魔法は持続されるそうっす。逃がそうとしたら手が吹き飛ぶんで、このままどこかに繋いでおいてほしいっす」

「とう、くつしゃ？」

「とっても悪い奴らなんだって兄貴が言っていたっすよ。誰かを殺したこともあるんす！」

「いやだ怖いわ！」

「そうなんす！　だから捕まえたままにしたいんす！　騎士様なら逃がしたりすることはないって、栄誉の旦那が言っていたっす！」

「えいっ、よの」

ペンテーゼさんが言う兄貴さんのことが誰なのかはわからなかったけれど、私は――私たちは「栄誉の旦那」という言葉に全身が反応したわ。

だって、栄誉の二つ名を許された旦那と言えば王国内で一人しかいないもの。

待って。

ペンテーゼさんはなんて仰った？

「栄誉の、栄誉の竜王……それは青龍卿のこと？」

私がぽつりと呟くと、その呟きは隣の仲間、そしてその隣の仲間へと動揺が伝わったの。

恐慌状態に陥っていた騎士たちが、一人、また一人と口にする言葉。

それは、勇気を象徴する言葉。

「旦那は言っていたっす。騎士は、何事にも恐れない。何事にも動じない。誰よりも勇敢な強い心と、誰よりも優しい心を持っている。だから――」

私に手渡された光る細い紐。

ペンテーゼさんの小さな小さな手は、少しも震えていませんでした。

その小さな手が私の手を力強く握る。まるで、今すぐに動けと言っているよう。

「その力を今こそ示す時っすよ」

首にかけていた黒い布で口元を覆うと、ペンテーゼさんは私に背を向きました。

ペンテーゼさんが再びモンスターの下へ走り出すのを誰も止めることができません。

その小さな背には、大きな大きな剣。

さっきまで守らなければと思っていた小さな身体は、今この場にいる誰よりも大きく見えました。

「青龍卿に笑われてしまう。いいや、騎士として生き恥を晒すわけにはならぬ」

盾部隊の後方で待機していたはずのタウロス隊長が、大盾部隊をかきわけて最前線にまで来ました。

タウロス隊長は私より身体が大きい黒大牛獣人。誰よりも勇敢で、誰よりも強い騎士。

「陸騎士団第一大盾部隊！」

凍った身体に鍛冶場の炎をかけられたような号令。

私たちは全員、誰一人欠けることなく盾を構えました。

「応！」

「対象は前方の黒いモンスター！　ランクSモンスターのコルドモール！　フランマ・モルスンを見たヤツならその強さがわかるだろう！」

タウロス隊長！　私は王宮大事件の時、休暇を満喫していました！

「恐れるか？　逃げるか？　いいや許さない！　抗え！」

「応！」

「我らが守るべきは騎士だけではない！　そのはるか後方には民が！　国王陛下がおられることを忘れるな！」

「応！」

「総員、構えっ！」

大盾部隊の号令が轟くと、他の部隊も一斉に構えの態勢を取る。

どれだけ絶望的な場でも、どれだけ悲惨な状況でも。

たった一人の勇気が伝染し、絶望の淵《ふち》から這い上がらせてくれる時がある。

あの小さな小さなリルウェ族。

彼が、私たちに大きな勇気をくれたのです。

「アスフィロタ隊員、行けるか？」

タウロス隊長が後方に下がる際、私に耳打ちしてくれました。

「行けます。私は、大盾騎士ですから」

「無理はしないでいただけるかな、婚約者殿」

「無理をする婚約者がお好きなくせに」

私はタウロス隊長に微笑むと、その手に光る紐を手渡します。頼もしい彼なら、きっとこの「お荷物」を頼れる何方かへと託してくださいます。

私は両手で頬を打つと、気合を入れて盾を構えます。

さっきの恐ろしさはどこへ行ったのでしょう。

私は私を信じます。私の積み重ねてきた努力を信じます。

だから、決して負けません。

恐ろしさなんかには、負けませんから。

12　アルツェリオ王国騎士団演習場・トルルファ平野
～中央司令部～

騎士団演習場を見渡せる崖《がけ》の上に設置された司令部にて、双眼鏡を覗き込みながらトルメトロが呟く。

「ふっ」

「信じられん光景だな」

天幕の外から眺める光景があまりにも非現実的で、恐れよりも呆れが勝《まさ》った。

王宮を煉獄《れんごく》へと変えたフランマ・モルスンの比ではない。

あんなどでかい怪物がガシュマト領の地下深くで発見されたなど、今でも信じられないのだ。白《はく》昼夢《ちゅうむ》を見ているようだ。覚めることのない悪い夢。

「どちらが、信じられん光景だ？」

隣で仁王立ち、腕を組みながら笑う男。

空のような蒼い鱗を持つリザードマン。

隠そうともせず、尻尾がゆらゆらと機嫌よく揺れている。

「さっきから情報量が多いんだよ。演習場に大公閣下が忍んでやってくるのも問題だが、ランクSのモンスター討伐だぁ？　しかも、お前まで来やがる。黄金竜を授与された冒険者チームごと。ここまでは理解した」

「そうか」

「だがな！　あの連中は何だ！　エルフに空飛ぶエルフ！　爆発する矢！　でっかい槌を持ったドワーフ！　ちっこい犬！」

「犬呼ばわりをするな。誇り高きコポルタ族だ」

「こぽるた族！　聞いたことねぇ！　せめて三日前に通達しろと！」

「コルドモールを発見したのが一昨日《おととい》のことでな」

「この双眼鏡とやらをくれ」

「開発途中の試作品ゆえ、やれぬ」

「くそう！」

クレイストンが黙って寄越したこの双眼鏡。

丸い筒のようなものが二つ繋がった、両目で覗き込むのにちょうど良い大きさだ。

混戦になったら絶対に必要になるはずだからとタケルが豪語し、何やら開発を急がせていた魔道具《マジックアイテム》だ。

常闇のモンスターとの戦いは蒼黒の団に暗い影を残した。いつまでも消えることのない瘤《こぶ》として残ったそれは、経験という名に変え教訓とした。

あの時は怖かったねと思い出話にするのではなく、あの時困ったからあれがあれば良かった、だったら作ろうとなったわけで。

「タケルに相談してみろ。竜騎士団団長の頼みなら、彼奴《きゃつ》も否とは言わぬかもしれぬ」

「タケル……FBランクの素材採取家か」

再び双眼鏡を覗き込んだトルメトロは、はるか彼方《かなた》で行われている戦いが間近に見えるこの魔道具《マジックアイテム》が欲しくてたまらない。

騎士団で利用できれば安全な斥候《せっこう》ができるのではないか。

モンスターの巣穴に近づいて、無駄に傷つくことがなくなるのではないか。

素材採取家がなぜ魔道具《マジックアイテム》を開発したのかはわからないが、双眼鏡は大いに役立つ。

「なんとも鮮明な……これは幾ら出せば譲ってもらえる」

「我らは金では動かぬ。それはお前も知っているであろう？」

「くそう」

「空飛ぶエルフはエルフではない。北の大陸に住むユグルという種族だ」

「北の大陸から来たのか！　どうやって！」

アルツェリオ王国は西の大陸との国交を続けている。

はるか昔は北、南の大陸とも交易があったのだが、海流に乗るモンスターの力が増した昨今はそれも困難になった。

大型の帆船《はんせん》に防御魔法の得意な魔導士を大量に乗せ、魔力回復薬《マジックポーション》を積み込み、経験豊富な船乗りたちがやっとの思いでたどり着けるのが中央列島。そこから補給をし、更に進んだ先にあるのが西の大陸だ。

中央列島はアルツェリオ王国と西のストルファス帝国が共同で開拓した島々であり、海の民と呼ばれるデラタド族が島の管理・運営を行っている。

いつか昔のように他の大陸との交易を望んではいるが、今は難しい状況。

トルメトロの問いにはクレイストンの視線の先が答えた。

突如現れたコルドモール。

大公が地面に何かを置き、その置いたものが眩く光を放つと巨大な門が現れたのだ。

あの門は、いつか見たことがある。

「転移門《ゲート》と言ったか」

王宮大事件の際に目撃した古代魔法。

失われた秘術をなぜ一介の冒険者チームが利用できるのかと問題になった。

しかし、大公は言った。

――我が国が蒼黒の団を裏切らぬ限り、彼らも国を裏切る真似は決してせぬ。

そもそも転移門《ゲート》を作るためには膨大な魔力が必要となるらしい。おまけに複数人の魔導士が練る魔法には反応せず、たった一人の魔導士の魔力によって作られるのだ。

宮廷魔導士であるエルフ族のアークイラ氏によれば、膨大な魔力を持つ氏であっても転移門《ゲート》を作り上げるのは不可能とのこと。

蒼黒の団が転移門《ゲート》を使えるのならば、どうにかして頼めば利用できるかもしれないが、大公は蒼黒の団を利用するつもりはないのだろう。

まさか大公が王都の屋敷に転移門《ゲート》を設置し、五日に一度はトルミ村に通っているなどとトルメトロは考えもしないのだった。

ともあれ、転移門《ゲート》が利用価値の高い魔法なのは違いない。

「なんであんなもんを作れるのか」

「俺に聞くな」

「聞いたところで答えねぇだろうが」

「ふん」

クレイストンは仲間を裏切る真似はしない。

秘匿したい情報をぺらぺらと喋るような男ならそもそも友人になっていないのだが、トルメトロはつまらなそうに顔を歪めた。

トルメトロは双眼鏡で騎士団の最前列を眺めると、小さな黒い何かが大盾部隊に近づいていた。

「恐ろしいほど足が速いな。あの小さいのは何だ」

「リルウェ・ハイズの客人」

「小人族……隠密か」

「スッスは己のことを忍者だと言っている」

「なんだそりゃ」

クレイストンの言うスッスとは、先日冒険者ランクがBに昇格した小人族のことだ。ギルドの公開ランクアップ試験で巨人族を瞬殺――殺してはいないが――した小人族として有名になった。

スッスが大盾部隊の誰かと話をしている。あの配置だとすれば、相手は大牛獣人の誰かか。

光る紐のようなもので縛られた三人を託すと、スッスは再び風のように前線へと戻っていった。

「お？　タウロスが動いたな。ようやっと騎士団が動くぞ」

「予想より早いではないか」

「見たことのない化け物の威圧をくらって正気でいられるお前らが異常なんだよ」

「フランマ・モルスンで経験を積んだ騎士もおるではないか」

「比べるなよ。叫び声だけで肝《きも》が冷えた。ここでお前に声をかけられるまで縮み上がっていたんだからな」

「……そうか？　空を飛ばぬだけ楽に戦えると思うのだが」

「楽じゃねぇよ！」

ストルファス帝国で凶刃《きょうじん》に倒れ、長年冒険者を続けていて感覚が麻痺《まひ》したのか。

トルメトロは真剣な顔をしてふざけたことを宣《のたま》うクレイストンを睨む。

コルドモールに空を飛ばれるのは厄介ではあるが、そういう問題ではない。

「タウロスの号令だ。アイツは鼓舞の魔法を声に乗せるからな」

「大盾の男か」

「今は部隊長だ」

「ほう。大盾部隊がやる気を見せたとなれば、騎士団全員の士気も上がるであろう。俺もそろそろ行く」

「動ける騎士にも活躍の場をくれ」

「臆しておる場合ではなくなるぞ？　コルドモールの覇気に怯まぬモンスターが湧いて出るやもしれぬのだ」

「はあ⁉　おまっ、そういうことはもっと早く言えよ！　伝令！　伝令！」

「俺は冒険者だからな。依頼という形ならばお前の頼みを聞いてやれる」

「何言ってんだよ！」

「トルメトロ竜騎士団団長」

「何だよ！」

「楽しめ」

にやりと笑ったクレイストンは、背負っていた赤い筒を手に取る。

筒に魔力を込めたかと思うと、筒は一瞬にして巨大な槍へと姿を変えた。太陽の光に照らされ美しく輝く。

これが、青龍卿の愛槍。

重量級の巨大槍を片手でくるくると操り、まるで昼飯でも食いに向かうような気楽さでクレイストンは駈《か》けた。

この状況下をどうやったら楽しめるのだ。

頼もしい大きな背は以前会った時よりも大きくなっていた。

どのような鍛錬を積めば、あのような――まるで竜のような姿になれるのか。

「アイツも化け物じゃねぇか!」

トルメトロは吐き捨てるように叫び、苦く笑う。

怯えているだけではない。震えているだけではない。

絶望は不思議と感じない。

高揚感が力を増す。

無様な姿を見せてなるものか。

これぞ王国騎士団たる姿だと、胸を張って王都へ凱旋《がいせん》するために。

楽しんでやるのだ。

13　それで、どういうことだろう

硬化の魔法は順調に持続中。

回復隊が時々魔素水を飲ませているのが見えるが、過剰摂取させないように魔素水は一人三回までと決めている。

ビーの鋭利な爪がコルドモールの鼻面を引っ掻くと、コルドモールは更に強烈な叫び声を上げた。

腹の奥底を掴まれるような、とても嫌な声だ。

コルドモールの存在を脅かすものはバリエンテの大穴にいなかったのだろう。

絶対を誇っていた洞窟の王者は、確実に焦りを見せている。

地中深く潜って英気を養うことができない。鼻を潰され匂いを嗅ぐことができない。

吹き飛ばしてもケロリと再び立ち向かってくる俺たちに、コルドモールは生まれて初めての恐怖を覚えているはずだ。

エルフ族もユグル族もまだまだ余裕がありそうだ。アゲートとゴームの怒声も相変わらずだし、コポルタたちはアゲートたちの指示のもと、コルドモールから散った肉片やら棘《とげ》やらを魔法の巾着袋に回収している。ビーは攻撃よりも素材の回収に夢中だ。

「なんていうかこう……弱い者いじめをしている感覚に陥る謎」

「ランクSよりも強きモンスターを弱者と申すか。それはコルドモールに対し無礼であるぞ、タケル」

浮遊座椅子に腰かけ、朗《ほが》らかに笑うアーさんが俺の隣に。

いつの間に来たんだ。

バリエンテの穴に繋がる転移門《ゲート》はさっさと閉じたが、トルミ特区建設予定地であるベラキオ大平原に繋がる転移門《ゲート》は開きっぱなし。

「アーさん何しているのこんなところで」

「ブロライトに是非とも戦う姿を見てほしいと強請《ねだ》られたのだ」

「だからって危ないでしょ」

「リュティカライトを連れてこなかっただけでも褒めていただきたい」

「それは、よく、頑張りました？」

「ふふふん」

アーさんの背後には戦装束の護衛が二人。

毎度毎度アーさんの自由行動に黙って付き合っている護衛だが、今回は落ち着かなそうにコルドモールを眺めている。戦士として戦いに参加したいのかもしれないな。

俺は戦闘風景に夢中になっている護衛二人より、目をまるまるに見開いてアーさんを凝視しているマルス大佐のほうが気になった。アーさんの見た目は少年だからな。こんな場所にいたら駄目じゃないか、といった心境なのだろう。

「タケル、私の護衛を頼めるか」

「アーさんの？　俺で良ければ。でも何で？」

立派な護衛がいるじゃないかと言おうとすると、アーさんは浮遊座椅子を動かし背後で控えていた護衛に身体を向けた。

「ジオファダリフレーナアスイルフ、アヴァファファラウィトロフィアル、二人に命じよう。しばらくの間リルカアルベルクウェンテールの指揮下に入り、その力を揮《ふる》ってこい」

「はい！」

「はい！」

返事早いな。

返事したと思ったら二人は嬉々として走りだしてしまった。

まるで打ち合わせをしていたかのような段取りの早さに、俺はジト目でアーさんを見る。

アーさんは俺の視線に気づくと、してやったりと満面の笑みを向けた。

俺は鞄の中から結界魔法石が付いた首飾りを取り出し、アーさんの首にかけた。

さっきからコルドモールの強烈な魔力に紛れ、僅かな魔力が複数近づいているのがわかる。

探査魔法《サーチ》を展開しなくとも、演習場を取り囲む森の中に感じる気配。

格上のモンスターが少しでも怯えを見せれば、戦いのおこぼれをもらおうとする高ランクのモンスターが誘われるかもしれない。おこぼれとは負傷したり戦意を喪失して動けなくなったりした人のこと。戦わずとも軽く食事ができるのなら、そんな絶好の機会を狙わないわけがない。

トルミ警備隊が思っていた以上の戦力を発揮し、コルドモールは「こんなはずじゃなかった」と言わんばかりの焦りを見せたことで、他のモンスターがおこぼれを食べに来たのだろう。

俺が見える範囲では重傷者はいないようだが、軽傷者は幾人かいるようだ。エルフとユグルの合同回復隊があっちこっち飛びまくっている。

護衛の二人も他のモンスターの気配には気づいていたはずだが、アーさんの大切な身を俺に任せてくれたわけで。

「グランツ卿！　マルス大佐！　キーヴァも一緒に俺の近くに来てください！」

俺は鞄から改良型アポイタカラ魔鉱石で作った通信魔法石を取り出すと、起動させる。

「クレイ、ブロライト、スッス、北と東からモンスターの反応！　西側のは遅れてくるけど、ランクAのアピスローダが接近中！　数は五……六、七くらい？　ともかく、毒針採取宜しく！」

アポイタカラ通信魔法石は特別に作ったもので、蒼黒の団全員の通信石を無理やり起動し、俺の言葉を伝える力がある。

親指の先ほどのアポイタカラ魔鉱石を利用して作ったものなのだが、ミスリル魔鉱石よりも魔法が入りやすく、しかも省エネ。

改良型通信石は魔法で紐づけしている全ての通信石と繋がっていて、相手が音声を聞くとそれぞれの通信石に登録していた色に光る。クレイは青、ブロライトは緑、スッスは黄。

首から下げた通信石を一度叩くだけで合図が送れるので、簡単便利。

しかし相手の都合お構いなしなので多用はできないが、こういった広い場所での戦いではとても便利。

これも常闇のモンスター戦であったらなと激しく後悔したが、思い立ってすぐに作れたので良しとする。

アピスローダは巨大なスズメ蜂《バチ》。豚より大きな蜂であり、肉食よりの雑食。本来ならば魔素が濃い森の最奥《さいおう》でひそやかに生息しているのだが、コルドモールの魔力に誘われて出てきてしまったのだろう。

俺たち蒼黒の団もアピスローダに何度か遭遇して討伐している。ブロライトの素早さとビーの威嚇頼りではあるが、アピスローダの鋭い毒針は高く売れるのだ。毒素を抜いた針を砕いて粉にして他の何かと混ぜてクリーム状にすると、保湿美容液に化ける不思議。

貴族や富豪に大人気の商品に使われている素材なので、常に需要がある状態。

俺も採取に行きたいが、ここは我慢。

「アーさん、俺の傍から離れないようにね」

「無論」

「グランツ卿、マルス大佐、これからコルドモール以外のモンスターが寄ってくるけど、どうする？」

　俺の傍まで来てくれたグランツ卿とマルス大佐に声をかけると、二人はお互い顔を見合わせほぼ同時に叫んだ。

「後方まで下がれ！」

「この場は危険だ！」

　数百メートル先でコルドモールが大暴れしている最前線で何を言っているのか。

　危険なのは今更なのだが、二人は俺たちの身を案じてくれたらしい。グランツ卿はともかく、マルス大佐はアーさんの視線に合わせて膝をついていた。

「コルドモールの魔力に誘発されたモンスターであろう。アージェンシール、ここはお戻りになられるか、我らが司令部まで移動なされるか……」

「何を言うかレーヴェ。私はブロライトの活躍を間近で見たいのだ。貴殿こそ後方のうんと後ろへと下がるが良い」

「む。この場は儂の名において開かれた演習。儂にはこの戦いをつぶさに見る責任がある」

「タケルの双眼鏡を貸してもらえば良いのだ、大公閣下」

「何をおっしゃる執政殿。このような胸熱く心躍る演習は生まれて初めてのこと。見逃してなるものか」

「同意だ」

二人は口論をしたかと思えば、笑い合って固く握手。

ちなみにアーさんはグランツ卿のことを、愛称であるレーヴェルヒトの名で呼んでいる。家族やごく親しい友人にしか呼ばせない名で大公閣下と気安く笑い合う少年は、マルス大佐の目にどう映っているのか。目を大きくさせたまま微動だにしないマルス大佐を、キーヴァが不安そうに見ていた。

「それじゃあ二人ともここから動かないんだな？　マルス大佐はどうする？」

「後方へ下がろうとも儂は一切咎めないことを誓おう」

グランツ卿がにやりと悪く笑うと、マルス大佐は頬を赤らめて怒った。

「私は！　大公閣下の護衛であります！　尊き御身をお守りする栄誉を、簡単に手放すような騎士ではございませんっ！　このエイルファイラス、命に代えても御身をお守りいたす所存っ！」

できれば下がってほしいんだけどなあと思ったが、騎士相手に俺の思いは無粋《ぶすい》の極み。

ここで退くような騎士は大公閣下の護衛に選ばれていない。

「よう言うた！　貴殿の心意気、天晴《あっぱれ》！」

喜んだのはアーさん。

ドヤ顔してふんぞり返るグランツ卿。

敬礼したマルス大佐の姿はやはり様《さま》になっている。

俺はすり寄ってくるキーヴァの頭を撫でないよう気をつけながら、ユグドラシルの杖を構えた。

＋＋＋＋＋

モンスターの氾濫《はんらん》。


洞窟とか森やら山から大量のモンスターが溢れ、村や町を襲うってやつ。

モンスターの集団暴走、いわゆるスタンピードというのだが、マデウスにはスタンピードがない。

そもそもモンスターが溢れるという現象がないそうだ。

魔素が失われるとか干ばつで森が失われるとか、そういった異常事態であれば可能性もないわけではない。しかし、アルツェリオ王国が建国された当時からモンスターの集団暴走は報告されていないそうだ。

そんなわけでスタンピードという言葉はマデウスに存在せず、モンスターの誘発、暴走、氾濫と表現されるらしいのだが、このたびモンスターの集団暴走のことをスタンピードと呼ぶことになったそうです。俺は前世の漫画知識を披露《ひろう》しました。そもそもの語源は英語です。グランツ卿は言葉の響きが気に入ったようです。

演習場を取り囲むように鬱蒼《うっそう》とした森があるのだが、その森から大小のモンスターがわちゃっと現れた。

コルドモールの怯えに反応したおこぼれ食べるぞモンスターたちなのだが、その光景がまるで前世で見たドキュメンタリー映像のようで。

俺が「スタンピードみたいだ」と呟いたことからグランツ卿に食いつかれ、前世の知識と言うわけにもいかず、俺の故郷にはこういう理由があってスタンピードってのがあって、と説明した。実際に地球では牛のスタンピードって現象があったわけだし。

そんなおこぼれ食べるぞモンスターたちは、蒼黒の団が蹂躙《じゅうりん》している。西の森から飛び出たアピスローダ数匹はクレイの槍が全て薙《な》ぎ払った。

スッスが素早く毒針を引っこ抜き、その毒針を回収するコポルタたち。

ダウラギリクラブ捕獲で培った経験をここぞとばかりに発揮するコポルタ族は、あっちこっちに散開して素材を回収している。

演習場は既に数多《あまた》のモンスターで埋め尽くされ、騎士団とトルミ警備隊が入り乱れての混戦と化していた。

コルドモールへの攻撃は主にトルミ警備隊が仕切っているようだが、槍を扱う騎士や大盾の騎士も参加しているようだ。

俺は鞄の中からエルフの木工職人特製のお茶用テーブルと椅子を取り出し、のんびり観戦中。俺の周りは五十メートルくらい開けていて、強固な結界が三重に敷かれている。

初めはこの場から離脱することを望んでいたマルス大佐も諦めたようだ。

ドカドカ降ってくるモンスターの肉片やら血しぶきやら岩やら臓物やらが結界に張り付いているのだけども、定期的に清潔魔法を展開しているので許してもらいたい。

マルス大佐は剣を構えたまま警戒態勢を崩さず、悔しそうに混戦模様を眺めていた。

きっと戦いに参加したいのだろう。

しかし、マルス大佐の任務は大公閣下の護衛。

そんなマルス大佐の気持ちを察しているグランツ卿だが、グランツ卿はアーさんのように身軽になれない。

本来ならエルフの執政であるアーさんも、護衛を付けずに単独行動をするのは許されない身なのだ。今更だけど。

国の重鎮っていうのはそもそも演習場に顔を出さないし、たとえ視察と称して見学に来ても、はるか後方の安全な天幕で優雅にお茶をするのが通例だろう。

モンスターが溢れる最前線で呑気に見学していることが異常事態なのだ。

しかし、国の重鎮だからこそこういう経験って必要なのだと思う。現場のことは現場で知れとも言うし、事件は会議室では起こらないのだ。

大公であるグランツ卿ならば、騎士団の要望にも耳を傾けてくれるだろう。たぶん通信石の量産は依頼されるだろうな、俺。

「わんわんわんわんっ！」

「わんわんっ！　タケル、タケル、巾着袋がいっぱいになったよ！」

リュック型巾着袋からそれぞれモンスターの一部らしきものをはみ出させたコポルタたちが、猛烈な勢いで結界内に突っ込んできた。

かなり興奮しているのだろう。尻尾をちぎれんばかりに振っている。

全身をモンスターの謎汁まみれにしているので、頭を撫でる前に全員に清潔《クリーン》。

「スッスはすごいのだ！　おっきな包丁でどかーんって、ぼこーんって、蜂を潰したのだ！　わんっ！」

「キノコ見つけた！　わんわんっ！」

「わんわん！　クレイストンさまは槍で二匹同時につきさしていました！　すごいのです！」

「袋は皆のもあずかってきたよ！　新しいのはないかってゴームおじちゃんがいってた！」

「ブロライトさまはとても速く動いていたのでよくわからなかったの……でも綺麗なお顔が汚れていたのはわかったわ。わんわん」

あんにゃろう。

また顔面から突っ込んでいったな。

凄い凄いの大合唱なコポルタたちを一人一人撫で、落ち着かせるために塩入り花蜜水を飲ませる。

脱水症状予防のために開発した手軽に飲める飲料水。

コポルタたちから容量いっぱいになっている魔法の巾着袋を預かり、鞄の中に全て入れていく。

そして新しい魔法の巾着袋を取り出す。

巾着袋一つは六畳くらいの大きさになっている。大体だけど十㎡くらい。時間停止の魔法はかけられなかったので、状態維持の魔石を巾着袋に縫い込んでもらった。服飾職人のエルザさん特製。

俺だって一回の採取で巾着袋をいっぱいにすることはできない。六畳縦横めいっぱい詰め込むってことだろう？　それなのに、コポルタたちが持ってきた巾着袋全て何かがはみ出していて、それが十八個。うーん。

「これはあとで全部集めて要相談だな」

全て売れる素材ではないだろうし、売れたとしてもトルミの各職人たちが使いたい素材だったらそっちに預ける。

騎士団にも分配しないと。演習場を使わせてもらったお礼をするのだ。

「貴重な経験をさせていただいたのだから、我らの取り分は考えなくとも良いでござる」

「騎士団もだ。本来ならばこちらから謝礼をせねばならぬのだから」

アーさんとグランツ卿はそう言うが、はいわかりましたと言えるわけがない。

「これだけ見事な働きをしてくれている人たちに褒賞がないのは駄目だ。エルフは郷で使う香辛《こうしん》料《りょう》と調味料は必要だろう？　エルフたちはトルミ村の雑貨屋で買い物する楽しみがあるんだから、今回の取り分を現金化して、お小遣いって形で皆に渡せば良いんじゃない？」

引きこもり族ではなくなりつつあるエルフは、基本的に今でも物々交換で生活をしている。しかし、最近やっとアルツェリオ王国内で使える貨幣を使ってトルミ村で買い物をする喜びを知った。

雑貨屋のジェロムはトルミ村に滞在している多種多様の種族向けに、生活必需品、民芸品、工芸品、衣服、各種調味料を扱うようになった。

雑貨屋というよりホームセンターのような趣《おもむき》になっているが、近々六回目の店舗増築を行う予定。元の小さな雑貨屋の隣に三階建ての住居兼事務所兼店舗を建設するそうだ。

「騎士団も全員に褒賞を与えて。働きが良い人には貴重な素材を現物で渡して、売り払うでも加工して手元に残すのでも良い。もちろん現金でも良いね。もらった人はきっと嬉しいだろうから」

実戦経験を積むだけで他はいらないなんて、そりゃ高潔な騎士はそう言うだろう。

だがな、経験も大切だがそれだけでは腹は膨れないんだよ。

コルドモールの威圧に晒された騎士たち。恐怖を覚えても逃げ出さなかっただけ重畳《ちょうじょう》だとクレイは言うはずだ。

疲弊した、消耗した、恐怖に抗った、それは当然のことだから次も頑張れ。

それだけ？

って思っちゃうわけだよ俺は！

騎士はお金で動く冒険者や傭兵とは違うのはわかっている。そりゃわかるが、やっぱりもらえるものならもらっておきたいものだろう。特別給与《ボーナス》ってあると嬉しいでしょ。

逃げ出さなかった。戦えた。お金ももらえた、よし次も頑張ろう。

これで良いのだ。

「頑張ったんだから、それを形にしよう。誰も逃げ出さなかったんだろう？　それじゃあ褒めよう。当たり前だからって突き放さないで」

俺はコポルタたちにありったけの巾着袋を手渡すと全員の頭を撫で回し、背中を叩いて再びクレイたちの元へと送り出す。

トルミ村に帰ったら何をしようか。

広場で大宴会は必須だろう？　それからアルナブ族たちの歓迎会。トルミ村に永住するにしろ他の場所に移動するにしろ、歓迎会はするべきだよな。新鮮白菜をメインに、他にも食べられる野菜がないか調べよう。酒は飲めるのかな？　酒を大量に買わなければ。スルメイカの干物を出しても良いが、食い尽くされるのは少し困るな。まだ量産体制が整っていないから、全員が思う存分食うほどの在庫がないんだよ。

「タケル」

かといってカニ……いいや、カニは特別な時にだけ食べるって決めているから。いいやしかしビーに食わせるって約束したもんな。それじゃあカニの全容を見せて、食ってみたいと言った人限定でカニを食べてもらうか。いやいや、だけどカニも人気になりそうだ。かといって蒼黒の団だけ独占っていうのもちょっと罪悪感が。

「タケル」

ダウラギリクラブの繁殖速度を精査して、半年に一度のカニの日ってのを作ったらどうだろう。皆でカニの美味さを堪能して語り合う日を作るのだ。いいぞいいぞ。

それから休日をもらおう。完全に一日何も予定を入れない日！　欲しい！　絶対に欲しい！

「聞いておるのかタケル！」

「うぶひはっ！」

目の前に煌《きら》めくお星さま。

脳天を貫かれたかというほどの衝撃。

クレイのげんこつは今日も元気です。

「痛い！　痛ぁい！」

「呆けたままあの笑いをしそうであったから止めたのだ！　こんな時に何を考えておる！」

「状況を忘れた俺が完全に悪い！　ごめんなさい！　トルミ村の大宴会でカニを振る舞うか考えていました！」

「うぐっ……！　カニを、出すのか」

「俺たちにとってはご馳走だからな。ダウラギリクラブの在庫がめいっぱいあるから、どうせならカニのお披露目をして食べたい人に食べてもらえばいいかな！　どうだろう！」

両手を開いてばばーんと力説。クレイのげんこつ第二撃は受けたくない。

クレイから距離を取り、グランツ卿の隣まで退いてから質問。

「ところでどうしたの。新しい巾着袋はコタロたちに渡したけど」

何事もなかったかのようにクレイに聞くと、クレイは再び拳を上げそうになった。しかし俺の隣にはグランツ卿。アーさんもいる。

「ぐっ……、トルメトロに依頼をされたのだ。大公閣下の護衛を頼むと」

「えっ」

「トルメトロ？　友達？」

「竜騎士団団長。此度の演習の指揮官だ」

「おお。竜騎士団団長。クレイの交友関係どうなっているの？」

「やかましい」

元竜騎士だったクレイの交友関係はあとで詳しく聞くとして、クレイはその友人になぜ護衛を頼まれた？

俺はマルス大佐に視線を移すと、マルス大佐は驚きに目をまるまるとさせていた。

クレイはマルス大佐の前に行き、懐から筒状の何かを取り出した。筒状のそれには魔力を感じられないが、何かの魔道具《マジックアイテム》であったことはわかる。

「エイルファイラス大佐、トルメトロ竜団長より伝令」

「はっ！」

「大公閣下の護衛の任を解く。ギルディアス・クレイストンに護衛任務を交代。エイルファイラス大佐は俺への依頼を伝えたいので中央司令部まで戻れ」

「……は？」

「その際、多少の寄り道は目を瞑る。演習が終わるまでに生きて戻れ。以上」

「…………は？」

何言ってんの？

クレイへの依頼を伝えるってどういうこと。今ここで言えばいいじゃない。

伝令って一度しか聞けないのかな。いや、俺宛の伝令じゃないから聞き返すのはご法度《はっと》だろう。

クレイが手にしていた筒状のそれをマルス大佐へと手渡すと、クレイはグランツ卿の背後に回った。このままグランツ卿の護衛に付くということかな？

「ふふふ。粋《いき》なことをなさる御仁がいるものだ」

アーさんが笑った。

「あとで酒をふるまってやろう。二十年物の古酒だ」

グランツ卿も笑った。

どういうことなの？

俺が一人で首を傾げていると、マルス大佐はグランツ卿に向き直り、踵を合わせて敬礼。

「竜騎士エイルファイラス！　これより団長の伝令により護衛の任を離れます！　以降、冒険者ギルディアス・クレイストンへと任を託します！」

「うむ。任務ご苦労」

「はいっ！」

マルス大佐が高らかに返答をした。その顔は笑顔。

グランツ卿に深々と一礼をしてからアーさんへも頭を下げ、俺とクレイにも会釈をしてキーヴァに跨《また》がった。

「キーヴァ！　中央司令部に向かう前に寄り道をするぞ！　まずは空を飛ぶ痺れ蜻蛉《とんぼ》を撃破だ！」

「ギュアアアアッ！」

あっという間に空高く舞い上がった飛竜を眺め、マルス大佐がモンスター討伐に参加することになったのは理解できた。

嬉々として巨大蜻蛉に斬りかかったマルス大佐と、それを補佐する空飛ぶユグルの誰か。張りきりすぎて怪我しないと良いんだけども。

「それで、どういうことだろう」

俺は鞄の中から背もたれの付いた木製の椅子を取り出すと、それを地面に置いてグランツ卿を座らせた。トルミ村の温泉で腰の痛みが緩和されたとはいえ、長時間立っているのはつらいだろう。ついでに水筒を四つ取り出し、全員に冷たい緑茶を飲ませる。

相変わらず結界の外では血しぶきやら臓物やらが飛び交っているが、既に感覚は麻痺してしまっている。緑茶美味い。

「ふふ、ふふふ。竜団長はクレイストンに依頼をしたのであろう。エイルファイラス大佐にも実戦を積ませろと」

水筒の緑茶をがぶがぶと飲んだグランツ卿は教えてくれた。

本来なら実演中に大公の護衛の任を解くことはない。しかし、マルス大佐がグランツ卿の護衛をしたままだと実戦経験は積めない。目の前で戦う仲間がいるのに、こんな時のために訓練をしていたのにと、マルス大佐は悔しい思いをしていた。

そんなマルス大佐――この場合大公閣下の護衛を担当した騎士に向けてだな。護衛の任は大切だが、実戦経験も積ませたい。

そんなわけで冒険者であるクレイに依頼をしたのだろう。

最強の冒険者であるクレイが大公閣下の護衛をするのであれば、マルス大佐は護衛をクレイに安心して任せられるだろう。

竜騎士団団長はマルス大佐を中央司令部に召集する前に寄り道を許可した。

つまり、モンスターと戦って討伐して、事態が落ち着いたら司令部に来れば良いってこと。

そんな無理やりな命令があるのかとは思うが、そこはグランツ卿が笑って許してくれるようだ。

「若き団員にこそ経験を積ませるべきだからな」

マルス大佐が向かった空を眺め、クレイは言った。

俺はさすがにこの場でスルメイカの一夜干しを出したら叱られるだろうなと考えつつ、真剣な顔をして頷いておく。

「それなら定期的に演習をすれば良いんじゃないの？」

「演習場に都合よくモンスターが現れてなるものか」

それもそうか。

それならば。

「ヴィリオ・ラ・イにはランクCからAくらいのモンスターがゴロゴロいるだろう？　三か月に一度くらい演習場に回してもらうことはできるかな、アーさん」

グラン・リオ大陸のどこにあるのかはわからないが、エルフの隠れ郷は他の町や村に比べて魔素が濃い場所にある。

深い森の中にあるから強いモンスターが跋扈《ばっこ》していて、狩猟隊が毎日郷の周りを巡回してモンスター退治をしている。

食べられるモンスターはいただくが、食べられないモンスターも存在する。食べられないモンスターは基本狩らないが、襲ってくるなら迎撃するのだとベルクが言っていた。

アーさんはキョトンとした顔をし、しばらく考えるとゆっくりと頷き微笑んだ。

「異常繁殖を続けている飛び蛙《とびがえる》や青猪《あおいのしし》を間引かねばなりませぬな」

「ランクCのモンスターか。アージェンシール殿、白毒蝶《はくどくちょう》や大千足《おおぜんあし》も駆除に苦労しておると聞いたが」

「暑くなると増えるのでござる。スッス殿に虫除けの素材を頼んではおるのですが、今年は例年より数が多いのでござる」

スッスがフニカボンバを探していた理由がそれか。

迷惑な害虫感覚で話をしているが、白毒蝶は毒鱗粉《りんぷん》を巻き散らすランクBのモンスターであり、大千足はムカデより足がたくさんある全長八メートル以上のランクAモンスターだ。ギルドからはどちらも単独討伐は禁止されている危険なモンスター。

昆虫討伐は俺が苦手としているので、蒼黒の団はギルドからの依頼を避けている。クレイやブロライト単独で討伐することもあるらしいが、多くはない。

クレイがアーさんと会話をしながら俺にじっとりとした視線を向けているけども、苦手なものは苦手なんだから。誰かの命が危険だとか、貴重な素材が食われてしまうとなれば話は別。

「演習場の周りを結界魔道具《マジックアイテム》で守ってさ、モンスターを転移門《ゲート》で召喚させて演習、って手もあるよな」

「転移門《ゲート》の管理は如何《いかが》するのだ」

「ユグルの魔法研究隊は優秀だぞ？　俺の想定の十倍の速さで俺が使う魔法を解析して再構築して自分たちで使えるようになるんだからな。結界魔道具《マジックアイテム》だってより良いものを作っている。俺は定期的に魔素水を樽で渡せば良いだけのお仕事です」

「ならばギルドに指名依頼を出せば良いな」

「そうそう。警備隊まるっとでなくていいから、冒険者登録してもらって」

俺はクレイと話を進めてしまう。

アーさんは俺たちの会話を聞きながら誰を冒険者登録しようか考えているだろう。ベルクあたり真っ先に登録しそうだ。コタロとジンタも登録したいと言うかもしれない。

トルミ特区にもギルドの支店を出してもらうので、後々はそこで依頼を受注する体制が整えば良いのではないかな。

「グギギャア！　グギャアッ！」

コルドモールが逃げようと全力で藻掻《もが》く。

クレイが戦闘態勢を取らないでのんびりと眺めているから、きっとコルドモールの最期が近いのだろう。お。マルス大佐も脳天に一太刀《たち》入れたな。凄い凄い。

想定した時間よりもずっと早く討伐が終わりそうだ。トルミ警備隊と騎士団の連携はあまり上手くはいかなかったようだが、個々ではエルフと共闘していた騎士もいた。ユグルとも。戦闘中なのにコポルタを凝視していた騎士はもう少し精進していただきたい。可愛いから目で追っちゃうのはわかるけど。

「タケル……儂は、お前に何を与えれば良いのだ。褒賞はいらぬ、爵位もいらぬ、屋敷も初めは断った」

グランツ卿がよろりと立ち上がり、俺の前で深く息を吐く。

「蒼黒の団で大きな屋敷をいただいたじゃないですか。王都の上層、お高そうなお屋敷。あれでじゅうぶんですよ？　他にはいりませんからね？」

「騎士団の将来のことも思案してくれた。エルフとの交流も考えてくれたのだろう？」

「害虫駆除をお任せしたいだけなんだけどもな」

「虫だろうが蝸牛《かたつむり》だろうが、騎士にとっては良い経験となるはずだ」

「報酬云々に関してはトルミ警備隊にお願いします。クレイ、爵位欲しい？」

「いらぬ」

エルフたちが困っている害虫駆除ができるだろう？

騎士たちの訓練になるだろう？

トルミ警備隊と騎士との交流ができて、お互いの戦術なんかを教えあったら将来的に役に立つんじゃないの？　俺は苦手な虫討伐をしなくて済むわけだし。

「それでは何を望む？」

グランツ卿に問われたので必死に考える。

いらぬ存ぜぬではグランツ卿に失礼。

今は何が欲しいかな。

トルミ村が発展したおかげで手に入りにくい調味料や香辛料が買えるようになった。

ご当地ストラップはルセウヴァッハ伯爵を巻き込んで作りたい。

服に困っていない。宝飾品はいらない。リベルアリナは欲しいと叫ぶかもしれないが、ミスリル魔鉱石のほうが好きだからな、あの精霊王。

ブロライトとスッスはあとでそれぞれ欲しいものを聞くとして。

俺の頭に思い浮かんだのは、もふもふした王子様のこと。

空に浮かぶ雲が食べたいとモモタが言い、あれは食べられないのだとコタロが言ったらば、モモタは雲が食べられないのが悲しいと泣いてしまった。

雲は食べられなくとも雲に似ているわたあめなら食べられる。

わたあめは王都にて販売中。

「王都で売っているわたあめ、あれをトルミ村でも扱えないかな」

俺はグランツ卿に問うと、グランツ卿は苦虫《にがむし》を噛み潰したように顔を顰《しか》め、更に深く深く息を吐き出してしまった。

え。

クレイも眉間を指で押さえて呆れているし、アーさんは大口開けて笑っている。

難しいの？

14　風呂はいいぞ！

トルミ警備隊と王国騎士団の演習は無事に終了した。

コルドモールは炸裂弓矢で穴だらけになったが、俺が修復《リペア》の魔法をかけたら綺麗に直りました。

テッテレー。

ダークスラグとの戦いで穴だらけになったキエトの洞を修復魔法で直した時、ダークスラグの惨《ざん》殺《さつ》遺体も綺麗に元通りになったのだ。

魂までは戻らないが、生前のままの姿を留めている。

そのため、コルドモールの身体も綺麗にしておこうとね。

修復魔法を使う前に一言教えろとクレイに激怒され、全身全霊で戦っていた騎士団からは悲鳴が上がり、脊髄《せきずい》反射なイエラは修復したばかりのコルドモールの眉間にファルカータを突き刺した。

ごめんて。

勝鬨《かちどき》の声を上げたばかりの騎士団に絶望を与えて申し訳なかった。コルドモールを修復しても良いですかと相談しなかった俺が悪い。本当にごめんなさい。

ジャンピング土下座をしてクレイに許してもらった俺は、コルドモールを鞄の中に収納。

山のように大きなコルドモールが一瞬にして消えたので、騎士団から再び悲鳴が上がった。

どこへ行ったんだ、警戒しろー、なんて号令が聞こえたもんだから、コルドモールを再び鞄の中から出し、再び収納すること繰り返して三回。

あれはマジックバッグなのかな、というざわめきが聞こえたところで今度こそコルドモールを収納した。

ベルクのジト目がとても痛かったが、無視することにする。

コポルタたちは俺たちが討伐したモンスターだけを巾着袋に収納したらしく、騎士団が討伐したモンスターの遺体があちこちに散らばったままだった。

トルミ警備隊の戦力のほうが圧倒的だったわけだが、そこは言うまい。対モンスター戦の経験値が桁違いだからな。

しかし今回の討伐の経験を経て騎士団は更に強くなる可能性がある。

騎士団が使う陣形やら戦術やらがエルフたちには斬新だったらしく、警戒中の騎士を捕まえて教えろと迫っていたのはベルクだった。

今後交流をするかしないか、再び大規模演習を行うか行わないか。

グランツ卿はひとまず国王陛下に相談することにしたらしい。あの国王陛下なら「面白そう」と言い、現地視察をするのだと息巻くだろう。パリュライ執政官、生きてください。

演習後、トルミ警備隊は瞬く間に帰還。とっとと帰還。余韻《よいん》一つ残さず、質問一つ許さず、あっという間にトルミ村へと帰っていった。

引きこもり種族と人見知り種族は戦闘中ならばともかく、騎士団との交流はまだできなさそうだ。コポルタたちは残りたいと言っていたのだが、ドワーフ兄弟が脇に抱えて強制送還。

蒼黒の団がトルミ村に戻ったら大宴会をする予定。カニを披露するのだ。

ブロライトは討伐依頼だったオプニガン・エラフィを八頭討伐していた。おかげで全身血液やら謎液やら内臓やらにまみれていたが、アーさんに良くやったと褒められまくっていたので黙って清潔魔法を展開。あとで戦闘時だけ常時清潔魔法を展開する魔石でも作ってやろうか。無駄なことをするなとクレイに叱られそうだが、臭いのは嫌だ。

スッスもフニカボンバを採取できたし、それぞれギルドの依頼を消化できたようで何より。

残りは俺の依頼だけのはずだった。

エレメンキノコを探さないとならないなと考えていたら、ビーが山盛り採取してくれていたのだ。あの混戦の最中《さなか》、森でキノコ採取していたらしい。採取したキノコはコタロが巾着袋に入れて保管していた。何をしているの君たち。ありがたいけど。ありがたいけど、何しているの君たち。そりゃ美味しいキノコだとは言ったけども。言ったの俺だけども。ビーにもエレメンキノコの幻惑術は利かなかったね。そうだったね。

モンスターの肉や素材をトルミ警備隊と騎士団で二分割しようとネフェルが提案したのだが、それはグランツ卿が頑《かたく》なに断った。

騎士団が討伐したモンスターの肉や素材だけでも十分成果になるし、褒賞に上乗せしてもまだお釣りがくるほど稼げたと言っていた。

珍しいモンスターも多数見かけたから、きっと王都では高く売れるのだろう。騎士団納品だから付加価値も付く。

コルドモールは蒼黒の団がもらうことになった。コルドモールから採取できる素材はドワーフたちに譲るが、コルドモールの形そのままの剥製を作るからと改めて熱弁された。そうしないとグルサス親方の雷が落ちるらしい。怖いね。

剥製はトルミ特区の博物館で飾る予定。ダークスラグと並べよう。

コルドモールがお腹に保管している収集物の全てを蒼黒の団がいただくことになり、グルサス親方の指導の下、トルミ村で大解体作業が行われる運びとなっている。

何か珍しいものがあったらグランツ卿に押し付け、いや託そう。


残務処理をクレイに任せ、俺は単身バリエンテの穴へと戻った。

避難所としていた空間の修復と、フニカボンバの定期採取のため転移門《ゲート》を新たに設置。

そしてハンマーアリクイの勧誘だ。

ハンマーアリクイは俺が言った通りキノコの家に隠れたままだった。

「るるるるー、さっきはごめんな。怖かったろう？」

俺が声をかけると、ハンマーアリクイはおずおずとだが顔を出してくれた。

「もしかしてだけど、コルドモールのせいでこの穴に閉じ込められた？」

距離を取ったまま聞く。

「良かったらこの穴から外に出すよ」

「ヒョイ」

ハンマーアリクイはヒョイと鳴く。可愛い。

「怖い思いをしないよう、隠《かく》れ家《が》も用意する。俺が住んでいる村の近くにはハンマーアントの巣がいくつかあって、食べるものには困らないと思う。食べられるなら美味しい野菜もあるし」

「ヒョーィ」

「野菜も好き？　それならレインボーシープの飼育小屋の側に部屋を用意しようか」

「ヒョイィ」

「うん？　森が良いのか。それじゃあ、近くに森があるからそこにしよう。リベルアリナの恩恵があるから、自然豊かだぞ」

「ヒョィ？」

「肉も毛皮もいりません。ただ平和に暮らしてもらえれば良いよ」

「ヒョ……」

うんこは建材としていただきますけれども。

ハンマーアリクイは毛皮が欲しいのかと聞いてきたが、俺が断ると威嚇を止めて四《よ》つん這《ば》いになった。

するとキノコの家から少し小柄なハンマーアリクイが三頭と、ちっちゃなハンマーアリクイが三頭。恐ろしく可愛い。

「俺は素材採取家のタケル。君たちはハンマーアリクイの家族かな」

「ヒョイ」

「うん。宜しくね」

こうしてハンマーアリクイがトルミ村に移住することとなった。

珍獣指定されているハンマーアリクイが、ヒョイヒョイ鳴きながら俺の後ろをついてくる姿が可愛い。可愛いと口に出したらビーに叱られるので黙っておくけど。

開墾したばかりの畑の奥は広大な森が広がる。立派な防御壁に囲まれてはいるが、ハンマーアリクイは森の特定の場所に排泄《はいせつ》をしてもらうようにした。

縄張りから離れた場所に排泄する習性があるハンマーアリクイにとって、巣を荒らされる心配はないし追いかけ回されもしない、おまけにご飯が定期的にもらえるということで喜んでいた。

これでグランツ卿からの依頼もほぼほぼ達成。

ハンマーアリクイの生態をもっと詳しく調べ、繁殖ともなれば王城内で飼えるようになるにはしばらくかかるだろう。これからもハンマーアリクイの捕獲には力を注いでいきたい。

そのうち餌に拘《こだわ》ってより質の良いうんこを出せるよう研究したい。自分でも何を言っているかわからないが、必要なのは建材となる排泄物《うんこ》なのでね。丈夫で長持ちするような建材にするのが理想だ。

＋　＋　＋　＋　＋

そして演習から数日後。

王都では騎士団を称《たた》えるお祭りが開催されることになった。

演習の際大量のモンスターが湧いた、それを無事に討伐した、ということだけが国民に発表されたらしい。トルミ警備隊の存在はまだまだ秘匿。エルフとユグルは目立つことを厭《いと》うし、コポルタは可愛いから攫《さら》われる危険がある。ドワーフのおっさん二人はトルミ村に行けばいつでも会えるよ。

国王陛下の御前で特に良い働きをした騎士が表彰され、特別褒賞も授与されることになった。グランツ卿の護衛をしていたマルス大佐も賞与をもらえるらしい。

蒼黒の団にも何か勲章をと提案されたが、クレイは頑なに拒否。黄金竜という栄誉だけで良いと言い、これからもトルミ村を拠点にして好き勝手に活動することを許してもらう権利をもらった。

つまり現状維持。

これには騎士団をはじめ貴族たちが異を唱えたが、蒼黒の団に無理を通さない、国王陛下相手にでも拒否権を持つ、ということで許してもらった。爵位は本当にいらないんです。

君主制のアルツェリオ王国で国王陛下の命令に従わなくて良い庶民。そんなあり得ない権利を今回の褒賞としていただいた。

かといって、有事の際にはできる限り協力するし、今まで通りグランツ卿の相談事には耳を傾ける。命令には従わないけど、「頼みごと」は聞くよという体裁を整えた。

通信石の騎士団導入は竜騎士団団長から蒼黒の団へ直接「依頼」という形で出されたので、指揮官や伝令官に通信石を贈ることになった。所有者の魔力登録をさせてもらい、通信石は悪用できないよう細工した。所有者以外が通信石を使用すると、通信石が弾け飛びます。ビーの「ピュッピュピュー」の鳴き声と共に。

「個人用の盾魔石も量産しておく？　防御力があまりない魔導士や弓士にこそ必要だと思うんだ」

「うむ。モンスターは礼儀正しく陣形に沿って現れるわけではないからな。此度の演習でそれは身に染みたであろう。上官の命令は絶対ではあるが、現場では臨機応変に動けなければ死ぬ」

「あの虹色に輝く壁の魔法か？　あれは素晴らしい魔法だな」

「あれは結界魔法です。盾魔法は前面のみの防御になります。頭のてっぺんからつま先まで防御するけど、背後はがら空きになります」

「なぜ結界魔法に統一しないのだ？」

「盾魔法で使う魔力と、結界魔法で使う魔力の差ですかね。結界魔法のほうが集中力と魔力をより消費するので、魔石をコンパクト……えぇっと、小型化するのは難しいんです」

ミスリル魔鉱石を使えば結界魔石も小型化できるが、あれは量産用魔石に使って良い魔石ではない。なんせ古代竜《かみさま》からいただいているのだから。

「結界魔法は固定式、盾魔法は携帯式、そう考えてください」

なるべく相手が理解しやすいように説明すると、各騎士団団長はなるほどと納得し頷いてくれた。

はい。

演習後から数日経過した王宮の、騎士団会議室にて各騎士団長に囲まれている俺がいますよ。ごつごつした立派な身体をお持ちの団長さんたちの圧が強いですよ。

俺とクレイが魔石の利便性を説明する場を設けてもらったわけだが、会議室にクレイが入った途端、一同起立と敬礼をされ、その迫力に俺は不参加でと言いそうになったのは秘密。

騎士団に卸《おろ》せる魔石のプレゼンをクレイに丸投げされたため、騎士団にとって便利なのではないだろうかという魔石を優先的に説明した。

爆発する魔石とか溶解する魔石とか麻痺混乱する魔石は提供しない。どれも悪用されたら面倒なことになりそうだからな。便利ではあるけども。

「俺が一番お薦めしたいのは、この清潔魔石ですね！」

鞄から取り出したのはストラップ型の清潔魔石。魔石は勾玉《まがたま》の形に加工してある。勾玉を吊るす紐は組紐。これはトルミ村の子育て中の奥様方が作ってくれた。

装備のどこに付けても邪魔にならないし、魔力は誰にでも充填《じゅうてん》が可能。魔力が減ると魔石の色が薄くなっていくので、魔力を充填するタイミングも計れる。組紐が劣化したら取り換えれば良いだけ。

「清潔魔法……？　聞いたことがない」

「どんな効果があるのだ？」

大牛獣人である大盾隊隊長のタウロスと、黒獅子獣人である竜騎士団団長のトルメトロがずずいと身体を乗り出した。

二人ともオグル族のググさん並みに背が高い獣人。ボディビルダーみたいなカッチカチの泣く子も黙る上腕二頭筋。肩にちっちゃいジープ乗せてんのかい。礼服の襟がきつそうだ。

会議室に用意された机には、豪華な椅子が二十脚用意されている。

それなのに全員立ち上がり、説明をしている俺の傍に寄ってきているので圧がすごい。ものすごい。

「演習で毒を持つモンスターがいましたよね。だけど真っ向から戦って毒を受けてしまうこともあります。さて、そんな時にはこの清潔魔石。汚れと臭いを即座に消し去り、貴方に爽快感と快適さを提供します。毒ならば経皮浸透する前に素早く清潔《クリーン》をすれば毒を受けることはありません」

「しかし、盾魔法があるのだろう？　それで毒を防げば……」

「そう仰るそこの貴方。いいですか？　長期遠征を想像してみましょう。王都から離れた森の奥や谷底や山の上まで行くことがありますよね？　洞窟に潜ることもありましょうや。三日、四日は風呂に入れません。嫌ですね。装備は次第に臭っていきます。汗臭いですね。遠征先でわざわざ装備を洗ったりしませんよね」

「お、おう……」

「そんな時こそ、この清潔魔石！　風呂に入った時ほどの快適感はないかもしれません。ですがしかし！　くっさい身体とはオサラバです！　べっとり肌がさらさらに！　ねっちょり肌着も洗いたてのように！　装備はぴっかぴか！　信じられませんか？　それではそちらの竜団長！」

「おうっ？」

「こちらにコルドモールの棘《とげ》を拭いた布があります。臭いですよね。嗅ぎたくないですよね」

「……まあ、嗅ぎ続けたいとは思わんな」

「はい、それではこちらをお持ちいただけますか？　はい、この中央部分のへっこんだところに親指ぽっちり。はい、ご一緒に詠唱しますよ、起動《スタート》！」

「す、起動《すたーと》？」

俺の元営業魂が火を噴いた。プレゼンも得意でした。

良いものを売り込むには熱意と勢いが必要。押し売りにはならないよう、加減はするけども。

俺としては何が何でも清潔魔石は普及させたい。

王都の下層のふんわり漂うドブの匂いをなんとかしたい。

トルミ村は上下水道に清潔魔石がボコボコ設置されていて、ドブの臭いがしなくなった。その快適っぷりや。

特に臭いを気にする人たちにとって清潔魔法は必要不可欠な魔法のはずだ。

嗅覚に優れた熊獣人族のウェイドは、風呂に入らない冒険者の汗の臭いで鼻がもげると愚痴《ぐち》っていた。

貴族すら風呂は週に一、二度しか入らないこんな世の中。

風呂がなければ清潔魔法を使えば良いじゃない。

この臭い布はゴームがコルドモールの棘《とげ》を綺麗にするために布で拭って、その布をそこらへんにポイ捨てするから俺が回収しておいたのだ。清潔魔石のプレゼンをするために。ふひひ。

同席しているクレイは呆れを通り越して遠い目をしている。

だがしかし、温泉大好きお風呂好きになったクレイは文句が言えないはずだ。風呂の快適さを知ってしまったのだから。

清潔魔石は五百円硬貨と同じくらいの大きさ。平べったい石。真ん中に凹みがあり、そこを押しながら起動すると魔力の伝導が宜しいのだ。

悪臭を放っていた汚れまみれの布が、清潔魔石を起動させたことで瞬時に綺麗になった。

会議室はシンと静まり返る。

そして。

「なんっ、じゃこりゃあああっ！」

「おおおい、臭いがなくなっているぞ！」

「こんな肌触りの良い布、どこに売っているの？」

「そうじゃないだろう！　どういう仕組みだ？　一瞬で洗濯……いいや、作りたての布になったじゃねぇか！」

ふーふふふふ。

驚いただろう！

汚れ・臭いを取り除き、買ったばかりのようにしてしまう弱・修復機能付き！

盾魔石と通信石より反応が良いのもわかるよ。防御するための魔法や通信するための魔道具《マジックアイテム》は存在しても、全身を清潔にする魔法は存在しなかったからな！

ついでに竜団長の全身も風呂上がりのピッカピカになりましたよ！

雄々しい黒の鬣《たてがみ》が、サラサラトゥルトゥル！

「おいトルメトロ、お前の鬣《たてがみ》そんな大きかったのか？」

「毛玉がなくなったぞ？　耳の下のここんところ、団子《だんご》になっているってカミさんに愚痴られていただろうが」

「お前の爪のきったねぇ垢《あか》、なくなったじゃねぇか！　いいなこれ、いいな！」

清潔魔石を起動させたトルメトロの周りに、各団長がわちゃっと集まる。

確かにトルメトロの鬣《たてがみ》が倍に膨らんだ。もしかしたらろくに鬣《たてがみ》を洗わず、油分でねっちょりしていたのだろうか。

清潔魔法である程度綺麗にはなるけども、やはり石鹸《せっけん》を使って洗い流したほうが良い。

風呂に浸かれば疲労回復にも繋がる。風呂が欲しい。

「クレイ、クレイ、追加報酬って頼めるかな。グランツ卿に」

呆れて半目になっていたクレイの腕を掴んで揺すると、クレイは眉間にグッとシワを寄せて俺を睨む。

「何を頼むつもりだ」

「王宮や騎士団詰め所に専用の風呂場って作れるかな？　やっぱり風呂には入ったほうが良いと思うんだ」

「はあ？」

「温泉は引けなくても、風呂釜作って魔法で温めて湯船に浸かることはできるはずだ。排水溝に清潔魔石を組み込めば、汚れをそのまま流さなくて済むし」

「……お前は何故そこまで風呂に拘《こだわ》る」

「できれば王都の中層と下層にも風呂場が欲しい。大衆浴場って言えばいいのかな。何か所か作って、誰でも安価で使えれば良い。トルミ村みたいに」

「それが報酬になるのか？　お前の得は何もないぞ？」

「俺に何度繰り返し言わせるつもりだよクレイ。いいか？　風呂に入って身体を清潔に保つってのは、病気の予防にも繋がる。凝り固まった筋肉をほぐし、疲労回復に繋がる。身体が温かくなると夜眠りにつきやすく、末端冷え性の人には特に助かるはずだ」

「それは幾度も聞いたが……」

「風呂が庶民にも浸透すれば新しい石鹸が作られるかもしれない。芳香石鹸を開発すれば良いんだ。匂い良し、泡立て良しの石鹸なら俺だって箱で買う。箱で五つくらい買う。定期的に買う。風呂の設計・建設で雇用が生まれ金が動く。風呂に入って皆病気予防、温かい、汚れが落ちる、それで良くない？　風呂はいいぞ！」

王都の近くには巨大なルカニド湖がある。水源はたっぷり。

言いだしっぺの俺が各種魔道具《マジックアイテム》を作るので、あとは定期的に魔石に魔法を込めるだけ。魔法を込めるのは魔導士の仕事になるのだが、魔導士の都合が悪ければ魔素吸収型の魔道具《マジックアイテム》を設置しても構わない。

「貴殿は王都で湯屋の経営がしたいということか？」

俺がクレイに熱を込めて説明をしていると、タウロスが興味深げに聞いてきた。

大牛獣人って迫力があって見た目は恐ろしいが、物腰はとても柔らかく、とても礼儀正しい種族なのだ。

「いいえ？　俺は経営者にはなれないです。管理・運営するには経験がないし、素材採取ができなかったら困るので」

「それでは貴殿の今の提案を商業ギルドに登録し、湯屋の権利を得るということか」

「いいえ？　お金はいらないです。湯屋の運営に興味がある人に経営を任せるべきだし、国家事業にしても良い」

「しかし貴殿の話を聞くに、膨大な金が動くはずだ。貴殿はその権利を放棄するのか？」

信じられないと声を上げたタウロスに皆の視線が集まる。

タウロスに集まっていた視線が次第に俺へと集まると、クレイは苦く笑った。

「これに金のことを言うのは愚問だ。我らは蒼黒の団。金に困っておるとでも言うのか？」

腕を組んだままにやりと笑うクレイの顔が怖い。

それはともかく、蒼黒の団って言葉は強いな。皆黙っちゃったよ。

飛ぶ鳥を落とす勢いで荒稼ぎする冒険者チームとでも思われているのだろうか。それとも、国からもらった黄金竜の称号の影響か。

「いや……だがしかし……」

タウロスはクレイの言葉に困惑したが、湯屋の経営だなんてとんでもない。

トルミ村の外にある観光客向けの温泉施設だって、建設段階で揉めたのだ。

施設を建設するのは庶民向けと貴族向けのふたっつで良いんじゃないかと提案したのだが、貴族向けの温泉は四つ必要だとベルミナントに忠告された。

上位貴族・中位貴族・下位貴族・護衛やら侍従やらを一同にはできない。おまけに貴族用は完全貸し切り。

庶民向けでも爵位はないけど富裕層・一般庶民向け。冒険者向けと分けなければならなかった。冒険者は怪我をすることが多いうえ、身体の傷跡を見られたくない人への配慮らしい。

そこから更に細分化。リザードマン向け、もふもふ獣人向け、人見知り激しい種族《エルフャユグル》、小柄な人向け、特に大柄な人向け等々。

温泉施設を広く開放するとなれば、最低でもこれだけの湯船が必要になるとベルミナントに言われたのだ。

ベルカイムにある湯屋は種族問わず風呂に入れるじゃないかと反論したらば、あそこを利用するのはほぼ冒険者だけだから良いのだって。

トルミ村はベルカイムよりも多種多様の種族が集っているので、温泉を売りにするのならば細分化は必要不可欠だと。

そこまで言われて経営はまるっと人に任せることにした。提案はする。資金提供もする。相談にも乗る。だが経営はしない。利益もいらない。

クレイは俺が究極の面倒くさがりであることを知っている。

俺が金欠で、なんとかして明日の糧《かて》を得たいと思っているのなら、湯屋経営権利を主張していただろう。

だがしかし、日々の生活に困ってはいないのだ。

素材採取家としても、蒼黒の団としても。

必要以上に稼いだところで使い道がない。

俺はほとんど食べるもの・調味料・寝具・民芸品でお金を使う。本も遠慮なく買う。

ダレソレが作った黄金の像やらダレソレ印の貴重な装飾品、なんて高価なものには興味がないのだ。

前世では好きなブランドがあり、サングラス、財布、定期入れ、ボディバッグなどなど拘《こだわ》って使っていた。相応に良い品なので高額だったたし、見栄《みえ》もあった。

貴族社会では必要なものもあるだろう。流行に食らいつかねば社交界から弾かれてしまう。頭にちくわぶっ刺して、アラ奥様そちらのちくわはダレソレ殿が練り上げた特別なものですわネ、羨ましいですワ、なんて注目されれば勝利する世界なのだ。極論ではあるけども。

マデウスでは見栄を張りたい相手はいない。

流行を追いたいとも思わない。

お金は使いたい人が稼げば良いし、困っている人に回れば良い。

必要以上のお金を蓄えたところで鞄の肥やしになるだけだ。

俺がこう思えるのも、今がとても恵まれているから。

「そんなことより清潔魔石、騎士団で使えます？」

「使える！」

「私も欲しいです！　買います！」

「これは素晴らしい魔道具《マジックアイテム》だ！」

「俺は風呂が気になるのだが……」

「少なくとも貴族女性には売れます。私が、売ります！」

よーしよしよしよし。

盾魔石、通信魔石と合わせて清潔魔石の売り込み成功！

弓隊の女性団長が拳を握りしめて絶対に買わせてくれと懇願してきた。嗅覚が優れている獣人族にも好評なようだ。あとで消臭魔石も教えよう。

全てユグル族が作製可能な魔石なので、定期メンテナンス込みで騎士団に納品できればユグル族の良い収入源となるだろう。俺は監修するだけ。

魔石を作るお仕事よりも素材採取がしたい。

あとはグランツ卿に湯屋建設の相談をする。お風呂大切。王都の蒼黒の団の屋敷にも作ってもらわなければならない。エルフが作る総木製の風呂場がいいな。

ここまで聞くと騎士団の旨味はたっぷりだが、蒼黒の団は何一つ得になっていない。

過剰な報酬は遠慮する、祝賀行進《パレード》はやりたくない、爵位はとんでもない。わたあめ屋が欲しい。

俺としては王都限定のわたあめ屋がトルミ村に支店を作るのだって、無理難題だと思っていたのだ。しかし、それだけでは世間が許してくれない。

実は裏でグランツ卿と繋がっていて、何かよからぬことを画策しているのかもしれぬ、なんて勘《かん》繰《ぐ》られても困る。実際それに近いことやらかしたけども。

だからお風呂作ってください。

お風呂の素晴らしさを知ってもらいたいのです。

経営はしませんけど。

「お前は……とことん欲を追求する男だな」

クレイに呆れられたが、褒め言葉と受け取ろう。

言っているだろ。

俺は誰よりも欲が深いんだって。

15　四人いた

「フォールグスタを捕縛した」

「ふぇっ」

王都にある蒼黒の団の屋敷にて、諸々の手続きが終わるまで待機中の俺たちに、朝っぱらから唐突に王城へと呼び出され、フランマ・モルスン退治以来だなあ、久しぶりだなあ、相変わらずお高そうな調度品だなあ、スッスの口が開きっぱなしだけど大丈夫かなあ、ビーに指突っ込まれるぞ、なんて呑気に考えていたらグランツ卿の衝撃発言てなわけですよ。

「リルウェ・ハイズの情報は的確だ。しかも、仕事が速い」

国王陛下の執務室になぜ俺たちがいるのか、そっちの説明はしてくれないのかな。

広い執務室には大きな黒檀《こくたん》の机があって、でっかい本棚がたっかい天井まで壁に設置されて、そこにびっしり本が並べられている。

陛下御自身の趣味が良いのか、歴代の国王の共通の趣味なのか、落ち着かないほど華美ではなかった。絨毯《じゅうたん》とか長椅子なんかの家具はお高そうだけど。

王宮に招かれた蒼黒の団は、控えの間に案内されることもなく直接陛下の執務室へ案内された。大きな観音開《かんのんびら》きの装飾ゴッテゴテの白い扉が開いた先に、陛下とグランツ卿とパリュライ侯爵がいましてね。三人とも満面の笑みで俺たちを迎えてくれたのだ。

グランツ卿の背後には覆面姿の忍者サスケ。

相変わらずそこにいるだけで緊張感があるのだが、気配がほとんど感じられないという謎の忍者。ご機嫌な陛下の膝にはビー。お菓子を食べさせてもらっている。食べすぎないようにとビーに注意できないのがもどかしい。

「膿《うみ》は全て出しきったほうが良いかと。リルウェ・ハイズの諜報で隠せぬ悪事など、そもそも無駄であるとなぜわからぬのでしょうね？」

呆れたように執政官のパリュライ侯爵が言うと、陛下が笑った。

「王家が抱える諜報部隊が想像以上に優秀であったからであろうな。よりにもよってマティアシュの隣で悪事を働くなど、笑止千万《しょうしせんばん》。国の食糧庫たるマティアシュを脅かす者がおるとは信じられぬ」

「目先の欲に捉われる者は、忠心の言葉に耳を傾けぬのであろうな。フォールグスタには優秀な子息がおったはず。確か昨年騎士団に入れたと」

グランツ卿がパリュライ侯爵に巻物を手渡すと、パリュライ侯爵は巻物を開いて陛下に見せた。

「ほほう。相変わらずリルウェ・ハイズの仕事は素晴らしい」

陛下は巻物に書かれた文章を読み、グランツ卿の背後で控えていたサスケを褒めた。

サスケは覆面をしたままだったので顔色はわからなかったが、目を僅かに細くしてから頷いた。

陛下直々に言葉をいただき、サスケは嬉しかったのだろう。

サスケの纏う空気がふわっと柔らかいものに変化すると、長椅子の上で正座しガチガチに緊張していたスッスの力が少しだけ抜けた。

「子息は数えで十四か……少し早いな。シルト、後見人を探せるか？」

「ガシュマトの近隣の領ですと、フレーヌのオーウェン伯爵、もしくはフィテルベルグのアゼリア侯爵でしょうか」

「うむ。フレーヌはガシュマトと同じ林業を営んでおるが、醜聞《しゅうぶん》に晒される若者を守るには聊《いささ》か弱いのではないか？」

「陛下の仰る通りです。ガシュマトにとってフレーヌは利便性の良い土地ではありますが、オーウェン伯爵は胃の腑《ふ》が悪うございます」

「それは……気の毒であるな。これからのガシュマトのことを考えれば、アゼリアに任せるが良いか」

「はい。フィテルベルグはマティアシュとも隣接しておりますので、良き橋渡しにもなりましょう」

「アゼリアは礼儀にうるさいが、先のフリードハイムの覚えも高い女傑であったな。任せられるか？」

「御意《ぎょい》に」

パリュライ侯爵と陛下の会話を聞くに、ガシュマトの次期当主は騎士団に所属しているご子息に内定しているそうだな。後見人に高位貴族が就くということは、捕縛されたフォールグスタ伯爵のご子息が後見人に守られるということ。

アゼリア侯爵の名を聞いてクレイの顔が怖くなった。

アゼリア侯爵は騎士団在籍中にやたらと礼儀作法にうるさかった女性らしい。おかげで騎士団員は王家主催の夜会に出ても恥ずかしくない作法を身に付けたのだが、その過程が思い出すのも恐ろしいほど厳しかったのだと。クレイが怖がるって相当だぞ。

不正が発覚したフォールグスタ伯爵だが、珍しく家族は処罰されなかった。

貴族が何かしらの犯罪に手を染めると家族もろとも処罰されることが多かったのだが、跡取りの子息を産んだ奥方は本邸には住まわせられず離れに軟禁されていたらしい。

奥方はとても優れた女性だった。結婚する前は王城の図書室で司書をするほど大の読書好き。様々な本を読み漁り、経営学や経済学も独自に学ばれた。

フォールグスタ伯爵の領経営がへたくそなことを知った奥方は、自分にも経営を手伝わせてほしいと願い出たのだが、フォールグスタ伯爵は恐ろしく古い考えの人であり、女が出しゃばるな、女は着飾って夜会に付き添っていれば良い、と言われ続けた。

おまけに子息には一切援助せず、奥方様の実家である子爵家が細々と支援をしていたのだ。

父親は先代から継いだ莫大な財産を湯水のごとく使い、黄金の装飾品を買い漁り、それでいて領地経営は下降する一方なのだから救いようがない。

黄金の装飾品を収集していた某貴族が国王暗殺未遂に関わってとっ捕まった話、けっこう最近のことだと思ったんだけどな。自分は不正をしても大丈夫だと思い込んでいたのかな。

奥方は幾度もフォールグスタ伯爵に進言したが聞き入れられず。

成長した子息も己の父親に経営の腕がまるでないことを知り、博識な母親に任せてみればと言ったらば、騎士団に無理やり入れられた。子息は母親と同じく王宮司書を目指し文系の学院に通っていたにもかかわらず、だ。

そんなわけで子息と奥方はフォールグスタ伯爵の不正とは無関係であり、むしろ領地経営を何とかしようと奮闘していたことがリルウェ・ハイズや騎士団の調べにより証明された。

「クソだな」

「口が悪い表現ではあるが、クソだな」

俺が思わず呟くと、クレイが同意してくれた。

奥方や子供の言葉に耳を傾けず、自分の欲だけを追求した結果が大公の指示の下による捕縛。

大公の名の下に捕まった貴族は、情状酌量の余地が一切ない。

裏取りを確固たるものとしたうえでの捕縛。裁判は開かれないのだ。

リルウェ・ハイズが秘密裏に集めた証拠の書類や証人が揃っている状況で、騙《だま》された、そんなつもりじゃなかった、悪気はなかったと主張しても許してはもらえない。

大公自らが捜査に加わり、リルウェ・ハイズを使い情報を集め、情報の裏取りを重ねて国王陛下に結果を報告、そうしてやっと国王陛下が捕縛を許可するのだ。

しかしあの演習から僅か十日あまりの捕縛。

本来なら貴族の処罰に至るまで半年から一年以上時間がかかるらしいのだが、大公閣下は張りきった。超張りきった。

自ら陣頭指揮を執り、リルウェ・ハイズの情報網を大いに利用し、社交界にフォールグスタ伯爵の噂をばら撒き、その噂で更に釣れた連中もろとも一網打尽にした大公閣下。

大公に付き合って情報を精査した国王陛下やパリュライ侯爵、竜騎士団団長、巻き込まれた各部署員には何だか申し訳ない気持ちになった。いやそれが彼らの仕事っちゃあ仕事なんだけども。無駄に急がせたのかなとか不安になるじゃない。

しかし異例の早さで捜査が進んだおかげで、フォールグスタ伯爵の捕縛となったのだ。

エントル商会にも監査が入り、フォールグスタ伯爵とのズブズブ関係が暴《あば》かれた。

不正に商品を入手し、不正に売りさばき、時には強盗殺傷、目的のためならば殺人も厭わず。金に困ったらフォールグスタ伯爵に泣きついて融資を強請《ねだ》る。それを何年も繰り返していたのだとか。

商会そのものが闇ギルドだったんじゃないの？

悪質な木を売る提案をしたのも商会長のドンドヴァーラ。

オゼリフの木が人気になって、悔しくてガシュマトの森を開発させたのだとか。

悔しくてアルナブ族を住処から追いやったということ？

しかも、フォールグスタ伯爵が主導したのではなく、従妹《じゅうまい》がそれを命じたというのだから救いがない。領地の開拓って領主の仕事だろう？　大手の商会長とはいえ、ただの従妹が勝手に森を開拓するなんて。

ガシュマト領で潜伏していた闇ギルド、ユゴルスギルドの本部にも捜査の手が伸び、大体の幹部は捕縛された。

逃げた構成員もリルウェ・ハイズが追っており、捕縛まで時間の問題だとか。

リルウェ・ハイズ優秀すぎる。

そんなわけでフォールグスタ伯爵、いやもう元伯爵だな。元伯爵は近日中に獄中で服毒刑が執行される。墓に入れられることはなく、創造神《エザフォル》を祀る教会にて然《しか》るべき処置がなされ、灰すら残されない最期を遂げるのだ。

不正に関わっていたフォールグスタの関係者及びエントル商会の商会長であるドンドヴァーラの財産は全て没収。商会の幹部もろとも犯罪奴隷に落とされる。

フォールグスタ伯爵家は子息が継ぐらしいが、名前を変える予定とのこと。風評被害ってあるからね。ガシュマトって名前自体変えるそうだ。

重税を課されていた領民には国が復興支援金を用意したそうな。

向こう一年は減税。それでも人が離れた領に活気が戻るのはしばらく先になる。

隣接したマティアシュ領やフィテルベルグ領が協力を申し出ているので、領民が飢えに苦しむことはないだろう。

「しかしこれは美味いな。何と言うたか」

「スルメイカの干物と。ダヌシェの港に加工場を新たに建設する予定なのだ」

「うむうむ、サラフィーナにも食べさせてあげよう。叔父上、我も出資をいたすぞ」

「ほほう？　陛下の御墨付きがいただけるのですかな？」

「我の名で良ければ使え。これは、ほんに、美味い」

お紅茶とカップケーキが似合うようなノーブルな空間に、冷えた麦酒とスルメを出してごめんなさい。

だってグランツ卿が陛下にスルメイカの干物を食べさせたいって言うから。

陛下は庶民と肩を並べて食事をしたことがあるので、手掴みでスルメを食べることを厭わない。毒見もさせないでスルメを食い、お褒めの言葉をいただけたわけで。

国王陛下お墨付きのスルメイカの干物！　やったね！

クレイの視線が痛いよう。

「そういえば演習の時に持っていった盗掘者ってどうなりました？」

無理やり話題を変え、クレイの視線から逃れる。

「おいらは大盾部隊のお姉さんに託したっす。そこから大盾部隊の隊長さんが後方部隊に託して、そこから中央司令部に行ったたっす」

俺の質問に答えたのは、愛用の手帳をズボンのポケットから取り出したスッス。

「中央司令部にいた陸騎士が受け取り、その場にいた竜団長さんが王都のギルドマスターに繋ぎを取った。ここまではおいらが知っている情報っす」

スッスは愛用の手帳を閉じると、チラチラとサスケへ視線を送る。

サスケは表情を変えずに視線をグランツ卿へ移すと、グランツ卿はスルメをかじったまま頷いた。

グランツ卿の了承を得たサスケは、視線を俺に向ける。

「トルメトロ竜団長より盗掘者を託されたのはキュレーネのギルド員、ボドラーク。ボドラークは盗掘者三人をキュレーネへと移送。キュレーネにて情報を引き出し、既に報告が為されている」

うん？

「キュレーネでは三人の身元をユゴルスギルドの構成員と特定。蒼黒の団に指名手配犯の懸賞金を用意している」

うん？？

「生きたまま連れてきたことを加味し、一人八百万。更に上乗せをし、合計で三千五百万レイブ。即金で支払える用意がある」

えーと？

「おおおお！　すごいなタケル！　懸賞金の上乗せは真であったのじゃな！」

「さっ、さん、ぜんっ、まんっ！　すごいっす！」

「ピュピー」

「ふん」

興奮するブロライトとスッス。

ビーは陛下にスルメをもらってご満悦。

クレイは当然のことだと鼻を膨らませた。

「いや？　いやいやいや……あの、えっと、すみません。盗掘者は三人だったんですか？　四人だったはず。四人だったから三千五百万だったんでしょ？」

コルドモールを演習場に移す前、這《ほ》う這《ほ》うの体《てい》で逃げていた盗掘者。

男二人と女二人。

確かにイエラは魔法で捕縛してくれた。俺は見ていた。

ギュッとされた四人は揃って運ばれて。

スッスが確かに運んでくれて。

「いや。盗掘者は三人と報告が為されている。蒼黒の団が捕縛をしたということで懸賞金が上乗せされた。今後もよしなに、という理由もあるのだろう」

サスケに代わってグランツ卿が訝しげに教えてくれたが、そんなはずがない。

「でも、四人……」

蒼黒の団全員が「何言ってんの？」って顔をしている。

「えっ？　皆も見ていたよな？　男二人に、女……二人」

「男一人、女二人の三人であろう。何を言っておるのだ」

「いや、だってクレイ、確かにあの時」

「ピューィ？」

「ええっ？　四人いた……えええっ？」

ビーまでも俺を心配して「大丈夫?」って聞いてくる。
盗掘者から無事に情報を引き出せたのは良いんだけど、四人いたはずなんだ。絶対に。
え?
俺の目がおかしかったの?
それとも頭?
疲れているの?
幻? コルドモールが見せた幻?
あの時探査魔法《サーチ》と調査魔法《スキャン》を同時展開して。
だけどコルドモールが迫っていたから最低限の情報を探って。

【ユゴルスギルド所属の盗掘者】
殺人・強盗・傷害・窃盗・詐欺の前科あり。
冒険者ギルドにて指名手配中。賞金額一人五百万レイブ。生存の場合八百万レイブ。

あっれえええ?
そりゃ名前は必要ないから省略するよな。わかるよ。
わかるけど、賞金に気を取られて人数まで把握していなかった。

初めて盗掘者に遭遇した時、調査《スキャン》先生は人数も教えてくれた。【ユゴルスギルド所属の盗掘者二人】って。

あれえええええ？？？

俺、疲れているのかなあ!!

16　コルドモール解体、始めっ！

更に数日が経過。

盗掘者の人数は三人だった――ということになった。

仕方がない。

俺以外の全員が三人だと言うのだから、そんなわけないと主張するのはやめた。

きっと俺は疲れているんだ。

数日ぶっ通しでアレコレ魔法を使っていたから、疲れているんだ。

トルミ村で一時勾留《こうりゅう》していた盗掘者二人は、悪事を全て吐いた。

口をつぐんでいた連中に、誰かさんがお話をした。そうしたら腹を割ってぺらぺらと軽快にお喋りしたんす、と笑顔の誰かさん。使ってみたかったお薬が使えて良かったたね。

ドンドヴァーラに命じられてエステヴァン子爵の宝を狙った。

宝を手に入れるためバリエンテの大穴の封印を避け、横穴を掘った。

コルドモールが紛れ込んでいたのはたまたま。

宝を食ってしまったのも、たまたま。

こっちは確かに二人組だったので、無事に懸賞金を得ることができた。

しかし、四人のはずだけど三人の盗掘者たちは追及しようにも記憶がないと主張している。

盗掘者たちはユゴルスギルドに呼ばれ、何かを命じられたところまでは覚えているが、そこから王都のギルドキュレーネで頬をはたかれるまで眠っていた。

何を命じられたのかは覚えていない。

互いに名前も知らない。

前科は本当だけども。

秘密裏にリルウェ・ハイズが動き、情報を引き出した。

そこでやっぱり信じられないから俺も三人の前に行き調査《スキャン》先生でお伺いしたいとは言えなかった。

リルウェ・ハイズの情報を信じないということは、国王陛下が信用する諜報部隊を疑うということ。

それは蒼黒の団の団員としていろいろと不味いよな。

俺がそんなはずないと異議を唱えれば、全ての捜査が振り出しに戻ってしまう。蒼黒の団にはそれだけの影響力があるのだ。

ドンドヴァーラその他は既に流刑地に送られ、フォールグスタ伯爵は処刑を待つ身。

必死に捜査をしてくれた関係者に再び同じことをしろとは言えない。絶対に言えない。

それなら三人で良い。

盗掘者のせいでコルドモールがアルナブ族の避難所へとおびき寄せられた、という事実が明るみに出たのだから。

盗掘者たちにバリエンテの穴をうろついていた記憶はなかったが、彼らは一つの魔道具《マジックアイテム》を持たされていた。

それは禁忌《きんき》とされている、今では口にすることすら禁じられている、モンスター寄せの魔道具《マジックアイテム》。

コルドモールを誘導し、避難所を崩落させ、アルナブ族の口を封じようとしていたのではないか。

ガシュマトの森が不正に開発されアルナブ族が追いやられたという真実を、誰にも話されないために。

俺の嫌な予感は的中してしまったのだが、アルナブ族は生きていて、今はトルミ村の一員となったのだからそれで良い。

誰にいつどこで渡された記憶も盗掘者にはないので魔道具《マジックアイテム》の出所を調べようもないのだが、ユゴルスギルドから逃げた構成員の足取りはこれからもリルウェ・ハイズが追う。

これにてこの話はおしまい。

思い出すと怖いという理由もあるが、俺の記憶があやふやなのは俺の頭を殴りすぎたせいかとクレイが反省していたので黙っておく。きっとそれも原因ですよ。

盗掘者の懸賞金は全てガシュマト領――新生ユスティーナ領の復興に提供した。

重税に苦しんでいた領民と、フォールグスタ伯爵家は取り潰しにあったが、奥方様の実家である子爵家の分家をユスティーナ領の新領主とし、新生ベイルフェルト子爵は当主に齢十四のオリフィエル君が就任した。オリフィエル君は騎士団に所属しつつも学院に通い、鍛錬をしながら勉強もする根性を見せているそうな。凄いね。

ベイルフェルト子爵補佐官にオリフィエル君のお母上。後見人にフィテルベルグ領のアゼリア侯爵。

今は引退したが、元々騎士団の上位文官として腕を振るっていたアゼリア侯爵。

騎士団に礼儀作法を徹底させた人物でもある彼女は、王宮にて王太子殿下や王女殿下に礼儀作法を教え中。そのなかにオリフィエル君も交えて勉強させ、王家と懇意にしている子爵家令息としてベイルフェルト家の基盤を固める計画らしい。

＋　＋　＋　＋　＋

トルミ村でカニの披露をした。

ダウラギリクラブのでっかい女王をばばーんと取り出し、こいつが美味いのだと宣言したら引かれた。どんどこ引かれた。

だがしかし、コポルタたちが「美味いのだ！」と声高らかに尻尾ふりふり。蒸したのと焼いたのと鍋で煮たのが食べたいと言えば、アルナブ族も興味本位で「食べてみたい」と言った。

アルナブ族は草や野菜以外の有機物を食べられるか問題があったのだが、ユムナがモモタに勧められて恐る恐る食べてみたらば、とても美味しく食べられたのだ。

「こりゃ……美味いな」

「おう、美味いぞ。何だこりゃ。どこにいる？　どこで狩れる」

「俺も行くぞ。連れていけよ？」

グルサス親方をはじめ、ドワーフ族にも大好評なカニ。アゲートとゴームは早速狩りに行きたそうにしていた。

「だから言ったじゃないっすか！　兄貴が見つける食材に、不味いもんはないんすから！」

スッスが念を押したところでカニを食べる人が続出。俺の信用すげえ。

嗜好などで刺身が良い、蒸しが良いと好みが分かれたが、全員が美味しいと言ってくれたのは嬉しい。カニ料理愛好者が増えたぞ。

カニの見た目はアレなんだけども、見た目がアレな食材なんて他にたくさんあるし、そもそもごぼうは木の枝だぜ？　なんてジェロムが言うものだから、それもそうだと笑った。

アルナブ族もカニが食べられたのは僥倖。

カニは貴重な食材なので、今回のような大規模な何かが起こった時、新年を迎えた時、他に気が向いた時に食べる特別なものとした。蒼黒の団もたまにしか食べないしね。毎日はさすがに提供できませんて。

ダウラギリクラブの養殖場に興味を持った人もいて——主にエルフとユグルだが——次に捕獲に行く時は手伝ってもらうことにした。アゲートとゴームにも手を貸してもらうことを約束し、カニの殻を利用した防具開発を提案しておいた。


そして更に数日後。

トルミ村北西部ベラキア大平原にて、コルドモールの解体が行われた。

「消臭魔石の配置は済んだか！　各々結界魔法石は装備したか！」

解体の音頭《おんど》を取るのは竜騎士団の団長であるトルメトロ。

演習で指揮を執っていたあの場の最高指揮官であり、指揮を執っていたがためにモンスターとの戦闘に参加できなかった竜騎士だ。

己が力を発揮できなかったとクレイに愚痴った竜団長は、それならコルドモールの解体を手伝えば良いじゃないとクレイに提案され、そして今ここ。

飛竜がなかなか繁殖しない問題はビーに教えてもらった。

飛竜は危険な目に遭わないと生存本能が目覚めないのだ。

ぬくぬくとした温室で至れり尽くせりだと、現状に満足してしまって子孫を残そうとしない。

帝国からいただいた貴重な飛竜だからと、蝶よ花よと育ててしまったツケが現状。

「キーヴァは順調？」

「驚くほどにな」

首にぶら下げた結界魔石を手に取りジロジロと眺めていた竜団長は、そのまま続ける。

「マルスはあれこれ世話を焼こうとするが、卵を産んでから世話をするだけで良いと。本当にそれだけで良いのか？」

「綺麗な水と新鮮な肉と野菜は必要ですよ。必要なら竜舎に清潔魔法を」

「お前は清潔魔法をやたらと推すな」

「欠かせない魔法ですので」

マルス大佐の相棒であるキーヴァは、あの演習の際には卵を孕んでいた。

卵の元になるものを腹に何年も抱えていて、死にそうな目に遭って初めて卵に変化したとかなんとか。

死にそうな目っていうのは、コルドモールの出現とビーの威嚇だったわけなんだけどもね。キーヴァはビーに威嚇されたほうが怖かったらしい。

ビーのおかげなのかたまたまなのか、あの演習を経験しビーの威嚇に怯えた雌の飛竜たちは、ほとんど妊娠が発覚したのだとか。

ちなみに飛竜は卵を孕んでから出産まで半年くらい。

妊娠中の飛竜は甘いクチナシの匂いがするから、それを目印にすると良い。

竜騎士団の絆の飛竜らは、定期的に演習に参加してモンスター討伐をすることが決定した。マルス大佐は演習に参加できると喜んでいた。

大公閣下の依頼というか質問に答えられた報酬は、ビーに鈴カステラみたいな形状の小さな焼き菓子数年分。

王宮に蒼黒の団専用の部屋を用意すると言われ、全力で断ったのは言うまでもない。そんなにしょっちゅう行きたくありません。

「タケル殿、結界魔石は携帯不可能と言っていなかったか？」

「トルミ村限定での使用となります。その魔石、お高いですよ。コスパ……費用対効果が恐ろしく悪いです」

「うむ……俺が借りているこの結界魔石も駄目か？」

トルメトロは首から下げている小さな瓶を握りしめ、取り上げられたくないと抵抗して見せた。

盾魔石があれば十分身を守れると思うんだけど。

「竜団長の魔力登録をして、基本的に秘匿してくれたら許可しますよ。普段は盾魔石を使ってください」

「それはもちろん！」

「王宮にお風呂」

「俺に任せておけ！」

良し。

竜団長の推薦もあれば、王宮内に騎士団の大浴場を建設する日は近い。

清潔魔法は手軽に鬣《たてがみ》を綺麗にしてくれるが、血行を良くしたり凝《こ》り固まった筋肉を解《ほぐ》す効果はない。

なんやかんやで結局は風呂が良いんですよ、石鹸の香りを纏う鬣《たてがみ》は奥方様に喜ばれますよ、不潔よりも清潔が素敵ですよとしつこくプレゼンしたらば、もういいわかったと竜団長に納得してもらえた。俺は良い仕事をした。

コルドモールの遺体は緑の平原に晒され、消臭魔石と結界魔石入りの魔道具《マジックアイテム》に囲まれている。

トルミ特区建設予定地にコルドモールの悪臭を漂わせたくないという俺の主張と、妙な病原菌が散らばったら大変だというネフェルの忠告に従い、安心安全な解体が行われることになった。

希望者は見学自由だが、野うさぎ狩り――アルナブ族がトルミ村に永住を希望しているので今後狩りが行われるかはわからないが――解体経験のない子供は見学を禁止にした。

ルカルゥもまだ幼いということでザバと共に村で待機。

もうすぐ故郷に帰れるからなとルカルゥに言ったのだが、ルカルゥはユムナとモモタと遊ぶのに夢中で返事をしてくれなかった。村を去る寂しさがあるのだろうか。

ザバは何も言わなかったが、ルカルゥの楽しそうな背中を眺めていた。お喋りお化けが静かだったのが印象的。

空飛ぶ島にも転移門《ゲート》を設置させてもらえば、いつでもトルミ村に来られる。

しかし有翼人には有翼人のルールがあるだろう。キヴォトス・デルブロン王国が外部の人との交流を拒《こば》んだとしたら、ルカルゥとザバには二度と会えないかもしれないのだ。

「コルドモール解体、始めっ！」

「余計な傷をこさえんじゃねぞ！　刃は真っすぐ、そうっと入れろ！」

竜団長の合図と共に開始したコルドモールの解体は、グルサス親方の指導の下わいわいと行われた。

エルフが組んだ足場にドワーフとコポルタが上《のぼ》り、ドワーフ鍛冶隊がイルドライトと各種鉱石とミスリル魔鉱砂《まこうすな》で鍛造《たんぞう》した解体用ナイフを使ってするすると皮を剥いでいく。

身体中に生える棘《とげ》は力が強い獣人族が主導となり、引っこ抜いていた。

長い髭はグルサス親方が丁寧にほじくって抜き、抜いた髭を地面につかないよう担ぐコポルタとアルナブ族に癒される。

「タケル殿！　この短刀が欲しいんだが！」

コルドモールの腹を開いていた竜団長が、子供のように飛び跳ねて解体用ナイフをぶん回している。

あのナイフもトルミ村専用にしているので貸し出しは禁止。あれもこれも欲しいと言われても、クレイの友達だからと全て与えるわけにはいかない。あとでグルサス親方からナイフの売値を聞いて青ざめるが良い。

ドワーフ族が鍛造した特製量産解体用ナイフは、各種族の手に合わせて作製されたので大きさがそれぞれ違う。竜団長がぶん回しているナイフは一番大きなサイズのナイフだ。大型獣人用かな。

俺が所有している採取用道具と似た素材を使ってナイフが作られたため、切れ味は抜群。どんなものでもするするぬるぬると切れるナイフは他にないのだろう。

一度このナイフを使ってしまうと他のナイフが使えなくなる呪いがかけられているのだ。切れすぎるという呪い。

グルサス親方は販売用の各種刃物を作る時、俺に気を使ってミスリル魔鉱石や魔鉱砂を使おうとはしない。古代竜から譲られた特別な鉱石であるのと同時に、そこらの冒険者が扱うには勿体《もったい》ないと豪語していた。

そんなグルサス親方のトルミ村にある工房には、まるで祭壇のように作られた棚の上にアポイタカラ魔鉱石が飾られている。扱うには親方の腕がまだ足りないらしい。

「まあるいくるくる葉っぱ採ってきましたー！」

「おっきな葉っぱの白い根っこ採ってきましたー！」

「ごぼう持ってきたよー！」

野原に簡易台所を作った昼飯調理隊は、もふもふ隊が収穫したての野菜をスッスの元へと運んでいる。モモタとユムナは二人で一本の大根を担いでいた。可愛い。

解体作業に関わっている人全員がめいっぱい食べられように、調理隊は巨大鍋に切った食材を次から次へと放り投げている。

昼飯はうどん汁。ごぼうと各種野菜と黒豚肉がたっぷりと入ったスッス特製うどん汁だ。醤油ベースにピリ辛なコクのある豚汁に太いうどん。これがべらぼうに美味い。

俺が基本の作り方を一度教えたんだけど、そこからは全てスッスのアレンジ。俺が教えていないのに刻んだ果実の皮を入れたり、隠し味に昆布の出汁《だし》を入れたりと、創意工夫をしてくれた。

そうして完成したうどん汁は、子供から年寄りまで食べられる栄養満点汁として大人気。最近はうどんも打つようになりました。スッス凄くない？

これだけの種族が一堂に会する光景は、王都でも見られない。

もしかしたらマデウスで唯一の光景かもしれないな。

17　別れって言っちゃ駄目っすよ！

コルドモールの解体を無事に済ませた俺たちは、コルドモールの腹の中に収まっていた導きの羅針盤を無事に発見した。

コルドモールの内臓貯蔵庫には、暗闇でぼんやり光る鉱石や光る昆虫がゴロゴロ入っていた。溶けかかっているフニカボンバも大量に。

必要なのは導きの羅針盤だけなので、他はグルサス親方に丸投げ。ジェロムも何かしら欲しがっていたので二人で相談してもらおう。

導きの羅針盤を丁寧に取り出してくれたのは、解体用ナイフがどうしても欲しい竜団長。

そのうちグルサス親方を紹介するので、オーダーメイドの槍を作ってもらえるか相談すると良い。

グルサス親方にミスリル魔鉱石を使ってもらえるかは、竜団長次第。

コルドモールの体液でドロドロになっていた導きの羅針盤だが、壊れたり歪んだりはしていなかった。

受け取る前に清潔魔法でちゃちゃっと。

解体現場で昼飯を食べたあと、俺たちは一路トルミ村へと戻り、留守番中のルカルゥたちの元へ向かった。

ルカルゥとザバは村の食堂で昼食を済ませ、広場で子供たちと遊んでいる最中だった。

ちっちゃな子供とちっちゃな豆柴とちっちゃなうさぎたちがキャッキャ言いながら追いかけっこ。

大人たちも笑顔で見守る光景に俺も癒された。ここに平和がある。


俺たちはルカルゥとザバを呼び、蒼黒の団の拠点に移動し導きの羅針盤を眺めた。

導きの羅針盤は空飛ぶ島に行くための特別な魔道具《マジックアイテム》であり、エステヴァン子爵家の宝。おいそれと人の目に晒すわけにはいかない。

前世、博物館で見たことのある羅針盤――大航海時代の巨大コンパスとは違う。小さなお盆のような円盤状の魔道具《マジックアイテム》。何かの青い金属の土台と、黄金の縁取り。白い小さな宝石が散りばめられた盤面には方位を記すものは書かれていない。

ザバはルカルゥの首元から離れて宙に浮かぶと、羅針盤を隅々まで眺め、触り、なぜかかじり、匂いを嗅いで大きく頷いた。

「これはまさにキヴォルで作られた魔道具《マジックアイテム》でございますこと！　ここに、この、こちらに、キヴォルの印が見えますこと？　こちらが表面で、こちらが裏面になりますこと」

ザバに教えられた表面には黄金の文字で「キヴォトス・デルブロン」と書かれている。

文字というよりヒエログリフのような、象形文字と言うのかな。絵文字のような、独特な文字だ。

書く、というより描くと表現したい。

裏面の中央にはつるりとした大きな赤い石が飾られている。赤灰色って表現するのかな。少しくすんだ濃い赤。

とても繊細な彫刻と、見たことのない文様《もんよう》。これがキヴォトス・デルブロン王国を示す証《あかし》なのだろうか。

ザバのちっちゃな指が示す先。羅針盤の裏面の中央にある、メラメラした炎のような輪は太陽ではないだろうか。

太陽の真ん中につるりとした赤い石。

「この石を取り囲む太陽のような模様のこと？」

「ピュウィイ……」

「たい、よう？」

ザバが百八十度首を傾げた。

あれ。

太陽って言わないのか。

「お日様？」

「ややや っ、タケル殿はよくよくご存じで！　左様でございますれば！　日の光はキヴォルの象徴。その昔、キヴォルが空を昇るから大地に朝日が昇るとも言われておりましたですこと。この真ん中の赤い石はクラルゾイドと申しますこと。表《おもて》の面の散らばったちいちゃな白い石もクラルゾイドと申しますこと」

「見たことのない石だ」

「島のみで採掘可能な石でございますれば、地《ち》の地《ち》にはございませんですこと」

なんだと。

空飛ぶ島でしか採取できない石。

「貴重な石？」

「島ではそこらへんに落ちている石ではございますこと。しかし、クラルゾイドを持つ者は必ずキヴォルに帰ると言われておりますです」

はっきりとした濃い色の石。

つるつるとした表面。

「美しい石じゃな。魔力がないようでくすんで見えるが、このように透明感のない赤い石は初めてじゃ。魔石とはちと違うようじゃが」

ブロライトが羅針盤の裏側を覗き込むと、ビーとスッスも真似て裏面を覗く。クレイも背を屈めて裏面を見ようとするから、裏面を表《おもて》にして話を続ける。

「魔石ではないけど、かといって宝石……？　いや違うな。何だろうこれ」

俺とブロライトは魔石とそうでない石の違いが本能でわかる。

魔素を含んでいるかいないかが色で見えるというか、気配を読むというか、炉端《ろばた》の石と魔石の違いがわかるのだ。

クラルゾイドという石は、魔力を持っていそうなのだが、魔力は感じられない。だがしかし、魔力を注いでみればきちんと受け取ってくれそうな、そんな感じの石。とても不思議。

「今までいろんな魔石を見てきたけど、これは初めてだ。ザバ、魔力は通るの？」

「それはもちろんのことですこと！　今はひとっかけらも魔力がない状態でございますれば、この石に魔力を注ぎ入れていただければ、これは動きますですこと」

「それじゃあ、やっぱり魔石なのか」

魔力が枯渇している魔石と、ただの石――魔力が入らない石全般――は見た目が違う。

例えるならば魔力がたっぷりの魔石がトルコ石ならば、魔力がすっからかんの魔石はアクアマリンくらいの色の差がある。透明感があるかないかの違いではあるんだけども。

この魔石は色がはっきりしているから魔力が満タンなんだな、この魔石は色が不透明だから魔力が少ないのかな、という見た目でも魔導士なら判断することが可能。

しかし、魔力を持たない人、もしくは潜在魔力が少ない人はその違いがわかりにくいそうだ。

ミスリル魔鉱石やアポイタカラ魔鉱石のような魔力が凝縮されている魔石は純度が高いため、混じりけのない透明や不透明なものもある。魔力が強い魔石は石そのものから陽炎《かげろう》のような魔力がゆらめくので、誰でも一目で見分けがつく。

このクラルゾイドは高純度で高濃度の魔石に近いような。

「魔力は誰が注げば良い？　ルカルゥ？」

導きの羅針盤をじろじろと見分していた俺たちとは打って変わり、ルカルゥは囲炉裏にある木灰《もっかい》を使って灰の山を作っていた。

「ルカルゥ？　どうしたんすか？」

俺に続いてスッスが声をかけたが、ルカルゥは木灰を手に持ったまま返事をしない。

聞こえてはいるようだが、どうして返事をしないのか。

「如何《いかが》した？」

クレイが不安になってルカルゥに声をかけると、ルカルゥは口をへの字にして不機嫌を表していた。

こんなルカルゥの顔を見るのは初めて。

村のガキ大将であるリックに意地悪でカエルを頭に乗せられても、ケタケタ笑っていたルカルゥ。

木灰で灰の山を作っては、山を潰す。

広間にはルカルゥが灰をかく音だけが響いた。

深く息を吐き出したザバが、ルカルゥの元へふわふわと飛ぶ。

「ルカルゥ、有翼人たる貴方がいつまでも空を離れていてはなりませんこと。それはルカルゥもわかりますことでしょう？」

「地《ち》のトルミが居心地好《よ》くとも、ここはルカルゥの場所ではありませんですこと」

「いけません。貴方は天《あま》の子。地《ち》の子とは違いますですこと。

「……………」

ザバがルカルゥの首に巻き付き、ルカルゥの頭を尻尾で撫でながら言い聞かせる。

ここで俺たちは口を挟むべきではない。

ルカルゥは不可抗力で故郷から離れてしまっている状態。

ヘスタスがぶん投げた槍が空飛ぶ島に命中し、その衝撃でルカルゥは島から運悪く落下してしまった。片翼が動かせないため滑空《かっくう》をしながらウラノスファルコンに追いかけ回され、命からがらトルミ村に落ちた。

親御さんは心配しているだろう。

ザバの口からルカルゥの親の話が一切なかったので、もしかしたら……とは思う。

このままトルミ村に住んじゃえばいいのに。

いっそ儂の孫にしてしまおうか。

ルカルゥは僕たちの家族なのだ！

誰からも愛されているルカルゥは、既にトルミ村の一員だ。

俺もこのまま一緒に、という気持ちがある。

だけど。

言ってはいけない。その言葉を。

「ルカルゥ、空飛ぶ島へは俺たちが送るよ。プニさんがどこにいるのかはわからないけど、近々戻るってリベルアリナは言っていた。プニさんが戻ったら空飛ぶ馬車で送るよ。だから……」

俺がルカルゥに声をかけると、ルカルゥは目に涙を溜めながら傍にいたクレイに抱き着いた。

突然のルカルゥの行動にクレイの尻尾が上下に激しく揺れたが、クレイは動揺を見せずにルカルゥを優しく抱き留める。

ルカルゥは涙を流しながらクレイの腹でいやいやと頭を激しく振った。

俺たちだって別れたくない。

だけど、言えない。

言ったらザバが困るだろうし、ルカルゥはきっと帰郷を延ばしてしまう。

「ピュエ……」

「泣かない。ビーは泣かないよ。ビーが泣いたらルカルゥはもっと悲しくなるだろう？」

「ピュ、ピュプ」

鞄からレインボーシープの毛で編まれたふわふわのタオルを二枚取り出し、一つはクレイに渡し、一つはビーに持たせる。

ビーはタオルで顔を覆ってしまうと、ブビビィと激しく鼻をかんだ。

「わひっ、わぁぁ、わだぐじもおぉぉぅ、で、でっ、でぎるぶごどなだばあぁぁぁ」

いやザバが泣くのかよ。

泣くなよ。

「ごぶぉぶべぃばだぶでぃぃぃ〜〜」

激しく泣きすぎて何を言っているのかわからないよ。

鞄から新たにタオルを取り出すと、ザバは目にも留まらぬ速さで俺の顔面に飛びついた。あああ
ああ、鼻水おっ付けやがったあああ。

「ビュイイイッ⁉　ピューッ！　ピューピュプーピ！　ピュー－ッ！」

「うえぇぇぇえええぇぇっ、おえっ、ぶえぇぇぇぇぇぇ」

「ピュイイィーーッ！　ピュブッ、ピュピーピ！　ピピーピピ！　ピーピー！」

けたたましく泣きだすザバと、騒ぎすぎて言葉にならない言葉を叫ぶビー。ピーピーって何さ。

ザバの泣き声とビーの奇声に釣られたのか、ルカルゥはクレイの腹で激しく泣く。

クレイの尻尾がルカルゥの号泣に動揺しすぎて広間の麦茶畳を叩きつけている。畳が凹みそうだ。

「ととと、とりあえずはプニ殿が戻るまでトルミに滞在できるのじゃろう？　そ、それならば皆との別れを済ませる猶予《ゆうよ》は」

「ブロライトさん、別れって言っちゃ駄目っすよ！　そんなこと言ったら……」

「ばばべばぶばびぃぃぃ〜〜〜っ！　おえっ、ぶえぇぇぇぇ、おえぇぇ」

混沌《こんとん》。

ブロライトの言葉はルカルゥの涙を増やし、ザバを更に泣かせた。嗚咽《おえつ》が酷い。

ザバは泣きすぎて畳の上で大の字になってイヤイヤしている。白いもふもふした胴長の生き物が、畳の上で泣きながらイヤイヤする様子は異様の一言。

ビーも興奮して泣きだすし、クレイの尻尾は畳を凹ますし。

さっきまで哀愁たっぷりだった広間は、混沌と化した。

慌てたブロライトは囲炉裏の灰にお茶を注いで灰団子を作り、ルカルゥに見せるがルカルゥはクレイの腹を濡らすだけ。

スッスはどこからか取り出したおかきを大皿で出したが、暴れるザバはおかきに気づかない。

導きの羅針盤の使い方とかさ、魔力はどうやって注ぐのか、そういうのを聞く予定だったんだけど。

泣く子には勝てん。

俺だって寂しい。

寂しいけれど、帰る場所があるなら帰らないと。

故郷の有翼人たちはルカルゥを探していないかもしれない。ルカルゥが消息を絶ったことすら気づいていないかもしれない。

だけどそれは俺の希望的観測。

ルカルゥの翼では自力で帰ることができない。だから俺たちが送りついでに健康で暮らしていましたよと説明をさせてもらう。トルミ村で家族のように暮らしていましたよ、土過敏症？　有翼人にはそんなアレルギー症状もありましたね、あはは っ、それならワサビの飴で一時的に症状を緩和し、今はユグル魔法研究隊がアレルギー症状を防ぐ薬を研究中ですよ。

状況を説明し、トルミ村の魅力を話し、それからルカルゥの今後を相談するつもりだ。有翼人が聞く耳を持つ種族であることを全力で願う。

地上に降りることが有翼人の禁忌だとしても。

何よりもルカルゥの気持ちを優先したい。

子供だとはいえ、ルカルゥには意志があるのだから。

18　北北東を目指すのだ！

ルカルゥのギャン泣き騒動から更に三日後。

小雨《こさめ》が降る朝にビーのベロベロモーニングコールを受け起きる。

今日も強烈な目覚めです。

起き抜け一番にビーもろとも俺の寝床ごと清潔魔法をかけ、それから顔を洗い歯を磨く。

魔法で綺麗になっても、いつものルーティーンは欠かせない。野営中でも同じ。

ビーの気まぐれで起きる時間が変わるのだが、今日は雨が降っているから日が出たあとなのか出る前なのかわかりにくかった。

トルミ村を取り巻く空気が少し重たい。

雨が降っているからではなく、ルカルゥの帰還が決まったからだ。プニさんが戻ってこないから未定のままだけど。

導きの羅針盤が無事に発見されたことはレムロス夫人に報告済み。

俺とクレイが二人だけでマティアシュ領に報告をしに行ったのだ。

ルカルゥが泣き叫んだあの日から、ザバとビーはルカルゥを慰《なぐさ》めるのに必死。ブロライトとスッスも冒険家としての仕事は休みにし、朝から晩までルカルゥの傍にいた。

コタロとモモタとユムナのもふもふ兄妹たちも一緒だから、きっとルカルゥの心のよりどころにはなるだろう。

俺も傍にいたかったのだが、そういうわけにはいかない。

レムロス夫人はバリエンテの大穴での出来事、ガシュマト領の重税のこと、その後の顛末《てんまつ》を全てパリュライ侯爵から教えてもらったらしい。

エステヴァン家の宝である導きの羅針盤が盗まれず、壊されず、無事だったことには喜んだが、ガシュマト領の顛末については決して喜ばしいものではないと嘆いた。

しかし全ては過ぎたこと。

旧ガシュマト領を教訓とし、領民を苦しませぬよう今後も精進したいと誓い、導きの羅針盤を俺たち蒼黒の団に託した。

レムロス夫人はもう一度ルカルゥに会いたいと言ったが、それは断った。

ただでさえ泣き続けて不安定な心になっているルカルゥに、有翼人の血を受け継ぐレムロス夫人を会わせたらどうなるか。

「ピュー……」

「うん。腹が減ったな。ルカルゥはまだ眠っているから、先に朝飯を食べような」

「ピュ」

泣いては寝てを繰り返しているルカルゥ。

ザバによると、ルカルゥは故郷に帰りたくないと言っているわけではないらしい。

それならなぜそんな泣くのかと聞いても、ザバは答えてくれなかった。

元気で笑顔が可愛い子供が泣いて暮らしている。

たった一人の子供のことなのに、トルミ村全体が悲しみに包まれているようだった。

「あらタケルさん、おはよう」

朝飯を食べる食堂への道すがら、傘がわりの葉っぱを持つユムナに会った。

コポルタ族とお揃いの青いツナギはとても気に入っているようだ。毎日同じ格好をしている。

灰色の空を眺めたユムナは不安そうに言った。

「今日は雨だから畑での作業はお休みですって。わたし、赤いお花の種をまいたばかりなの。だけど、雨で流れてしまわないかしら」

「ピュイ、ピュピュ、ピュイピューィ」

「明日は晴れるからきっと大丈夫だって言っているよ」

「綺麗なお洋服を着ていたお姉さんも同じことを言っていたわ。前にまいた白いお花が咲いたらお姉さんにあげる約束をしたのよ」

綺麗なお洋服のお姉さん。

綺麗なお洋服を着ているお姉さんなんて、トルミ村に一人しかいない。

それは楽しみだねとユムナに告げ、俺とビーは駆け足で食堂へ。


食堂は日の出と共に営業を開始する。

調理担当の人たちが日々腕を磨き、日替わりで定食を出してくれるのだ。たまにスッスも手伝っている。

食堂を利用するのは種族混合狩猟隊と農作業隊が主。基本的に各家庭で食事を摂るのだが、一食五十レイブで食べることも可能。俺たち蒼黒の団はしょっちゅう食材を提供しているので、いつでも無料で食べられるのだ。

そんな食堂の最奥。

台所に一番近い席に陣取るドレス姿の女性。

「プニさん！」

マティアシュ領の図書室でふらりとどこかに行ったきり、しばらく顔を合わせていなかった馬神様が呑気にご飯を食べていた。

プニさんの机には大皿がいくつも重ねられている。

朝っぱらの忙しい時間帯に大量の食事を作らせたのだろう。忙《せわ》しなく動いている配膳係は、プニさんが食べ終わった大皿を片付ける余裕がなさそうだ。

「ピュピュー」

「おはようございます」

律儀なプニさんは、朝の挨拶は必ずしましょうという俺との約束を欠かさない。

「おはよう。今朝戻ったの？」

「昨晩です。わたくしは飢えているのです。わたくしを満足させる供物《くもつ》を寄越しなさい」

おや？　珍しく不機嫌だな。

俺はプニさんの真向かいの席に腰を下ろすと、配膳係に朝の日替わり定食を注文した。

遠巻きに俺たちをチラチラ見ているドワーフ連中は、二日酔い専用の貝スープを飲んでいる。いつもの二日酔いメンバーだ。ジェロムは机に突っ伏したまま動かない。深酒しやがって。

「定食……じゃないな。大皿料理に何を作ってもらったの？」

ビーと二人で大皿を洗い場まで片付けると、俺は鞄の中を探る。

「黒豚肉の野菜炒めと焼き握り飯と焼いたうどんです」

「かなり食ったな。まだ足りないの？　どこで何していたの」

「ごぼうの天ぷらとキノコグミとカニの焼き飯なるものを寄越しなさい」

「カニの焼き飯は誰に聞いた」

「わたくしだけ食べていないのでしょう？　まったく、少し目を離した隙にわたくしへの供物を忘れるなど許せません」

なーる。

演習終了後のトルミ村カニ試食大会（スッス命名）に参加できなかったから不機嫌なのか。

面倒なことになるので反論せず、プニさんのリクエストを鞄から取り出す。

カニの焼き飯は宿屋の調理長が開発してくれたメニュー。しっとりタイプとさっぱりタイプの二種類がある。しっとりタイプはおじやのような食感で、さっぱりタイプはパラパラ飯粒のチャーハンだ。

今はカニチャーハンしか持っていないので、まずそれを差し出す。きっと食べたいと言うだろうから、保管しておいて良かった。

ごぼうの天ぷらとキノコグミも添えて。プニさんの定番メニューということで、これらは鞄に常備するようにしているのだ。

「プニさん、導きの羅針盤は手に入れたよ。まだ魔力の充填はしていないんだけど」

「みちびきのらしんばん」

「あれ？　その話をした時プニさんいなかったっけ」

「みちびきの……もぐもぐ」

マティアシュの図書館で別れたきりなら、レムロス夫人との話も聞いていないか。

古代馬《プニさん》のことだから何も見ずとも全てを知っている――なんてことはない。

興味がないことには耳を貸さず、面倒なことからは逃げる。それがプニさん。俺と似ているから何も言えない。

もしかしたら知っているうえで俺たちを試しているのかもしれないが、そうだとしてもプニさんは蒼黒の団の一員だ。情報の共有は大切。

俺は朝ごはんを食べながらプニさんが不在中の話をざっくりとした。

バリエンテの大穴の探索、コルドモールとの遭遇、アルナブ族はまるっとトルミ村に移住、王国騎士団との演習、悪党は一斉捕縛、導きの羅針盤を手に入れた。ルカルゥの帰還が決まり、ルカルゥは毎日泣いて暮らしている。

刻んだ白菜を乗せたお盆を食卓まで運ぶアルナブ族を眺めながら、プニさんは食事を続ける。

「もぐもぐもぐもぐ」

「俺はさ、ルカルゥが帰りたくない、このまま村に住みたいって言えば望みどおりにしてあげたい。

でもそれには今までルカルゥを育ててくれたご両親や、保護者に話を通すのが筋《すじ》だとも思っているんだ」

「ごくん。もぐもぐもぐ」

「ピュイ」

「もしも、もしもだよ？　ルカルゥにご両親がいなかったとして……そうだとしても、やっぱり有翼人には有翼人の掟《おきて》があるだろう？　それを無視するのは後々禍根《かこん》がだね……」

「もぐもぐもぐ」

「ピュー」

「ごくん。直接聞けば良いではないですか」

それな。

そうしたいから、プニさんを待っていたんだけどな。

「導きの羅針盤があれば空飛ぶ島へ行ける。プニさん、俺たちを連れていってもらえる？」

追加のキノコグミを籠《かご》に入った状態で献上すると、プニさんはそれを恭《うやうや》しく受け取る。

「わたくしの翼があれば何処《どこ》へなりとも。空の彼方《かなた》まで優雅に美しく駆けてやります」

十人分くらいの朝飯をぺろりと食べたプニさんは、キノコグミの入った籠を両手に抱え席を立った。

「みちびきの道具は、お前の魔力に染めなさい。他の者には扱わせぬよう」

「俺の？」

「お前の魔力を染めてこその鍵《かぎ》となります」

キノコグミを食べ歩きながら、プニさんは食堂を出ていってしまった。食堂の外ではプニさんに挨拶をする人たちの声が聞こえる。

プニさんが神様っぽい言葉を残すのは毎度のことだが、結局どこで何をしていたのか聞きそびれてしまった。

「ピュイ？　ピュピュピュプ……」

「覚悟はしてきただろう？　プニさんが戻ったなら、明日にでも出発だな」

「ピューィ……」

再び泣きそうになるビーの頭を撫でながら苦く笑う。

何を言ってもルカルゥの帰郷は覆らないし、先延ばしにしたらルカルゥの気持ちが更に揺らぐだろう。

帰らないとならない、有翼人は空にあるべきだとルカルゥに言い聞かせたザバは、脱水症状が出るまで泣き続けている。

ルカルゥとザバがトルミ村を発つのは明朝。

雨は一日中降り続けた。

＋　＋　＋　＋　＋

プニさんがトルミ村にふらりと戻ったことで、ルカルゥの送別会が即日賑やかに行われた。

賑やかにというか、ある意味で賑やかだったというか。

村の皆はルカルゥがいつか故郷に帰ることを知っていた。

白い翼を持つルカルゥは、空の国の子供。いつか空の彼方《かなた》に帰ってしまう。帰してあげなければならない。

大人たちは常に覚悟を決めた状態で日々を暮らしていたが、子供たちは違う。

いつもの宴会だと食堂に集まれば、ルカルゥとのお別れ会。明日ルカルゥはおうちに帰ります、皆さんさよならを言いましょう。

大人の手伝いをしている年齢の子供たちは、ここ数日のルカルゥの様子で察していた。そろそろお別れなのかなと。

しかし、遊ぶことが仕事の幼い子供たちは仲の良い友達とお別れと告げられ、納得できるはずがない。

送別会は壮絶なる大号泣会となってしまい、子供たちをあやす大人も釣られて泣きだし、再びザバが脱水症状でグネグネになるまで泣いてしまった。ルカルゥは泣くのにも疲れてしまったのか、ネフェルの腕の中で早々に就寝。我が孫だと好々爺《こうこうや》っぷりを発揮していたネフェルの顔も沈んでいる。

送別会だと知らずにふらりとやってきたベルクが食堂で泣きじゃくる人々を眺め、「誰が死んだ？」と真剣な顔でブロライトに詰め寄っていたのには慌てた。お通夜《つや》ではありません。


そして翌日。

晴れ渡る青空に穏やかな夏の風が吹く。

マデウスの夏は常にさっぱりとしているので、湿気《しっけ》に困ることはない。

そんな眩《まぶ》しい空を眺め、豆柴兄弟は肩を落とした。

「大嵐なら良かったのだ……」

「良かったのだ……」

そうだね、とも言えないけど内心そうであったらとも考えてしまう。

昨夜の送別会で泣いた人たちは瞼《まぶた》を腫《は》れぼったくさせ、とても心からの別れはできそうになかった。

だがしかし、後ろ髪を引っ張られようとも今日は別れの日。

「タケル、道中何があるかわからぬ。たとえ素晴らしい馬車に乗車しているとはいえ、ウラノスファルコンが徒党を組んで襲ってくるやもしれぬからな」

「不吉なこと言わない」

入念に馬車の点検を繰り返すクレイだが、昨夜晩くまで馬車の改良がされ続けていたから、きっとどこにも異常はないだろう。

空飛ぶ島まで幾日かかるかわからない。

道中何があるかわからない。

食材を大量に入れろ、水を入れろ、薪を入れろと、拡張された馬車の倉庫には上から下まで荷物でみっちり。

スッスとブロライトがダヌシェに買い物に行ってくれたおかげで、いつでも鮮魚が食べられます。もちろん、カニとスルメイカの干物も。

しかもお風呂が増築されたのだ！　露天風呂！

完全魔石制御のユグル特製風呂で、水の魔石から浄水が出て、炎の魔石で湯を沸かし、清潔魔石で汚れは残さず、排水は灼熱魔石で馬車の外へと蒸発させてしまう徹底ぶり。

浸かるだけで身体を洗うことはできないが、それでも俺にとっては涙が出るほどありがたい代物。

長旅でもお風呂に入れるようになりました。

「ルカルゥ、身体を壊すことのないように」

「元気でいてね。好き嫌いしちゃ駄目よ」

「僕たちのこと忘れたら嫌なのだ」

「僕たちは二人のこと忘れないからな」

「とても楽しかったわ。ありがとう」

「ザバ、ルカルゥのこと宜しくね」

「ザバ、ルカルゥ、いつかまた村に帰ってきてね」

馬車が出立準備を終えるまで、ルカルゥとザバは村の全員と握手し、抱擁を交わしていた。

俺たちはゆっくりと支度を続け、別れを見守る。

いつでも長距離旅ができるだけの備えは俺の鞄に入っているが、村人たちにあれもこれも持っていけと言われるままに鞄に詰める。どさくさに紛れてアルナブの子供たちが鞄に入ろうとしていたのを必死に止めた。

馬車を点検していたクレイが、隠れ潜《ひそ》んでいた数人のコポルタを見つけては馬車の外に出していた。

「親方は良いの？　二人とお別れしなくて」

俺の隣で仁王立ちをするグルサス親方は、珍しく二日酔いではない。

口に減塩スルメイカの干物を銜《くわ》えながら俺をじとりと見上げる。

「はんっ、オメェが拠点の地下で何かごちゃごちゃやっていたのは知ってんだよ。アレだろ？　まぁた門を増やすんだろうが」

なぜに知っているかな。

俺は表情を一切変えず、微笑みながら答える。

「新天地だろうとも、簡単に行き来できたら便利だよね」

どれだけ厳重な警備の砦《とりで》であろうとも、俺の幻惑の魔法は完全に門を隠す。

できることならば転移門《ゲート》を設置させてもらいたい。島の端っこの崖っぷちでも良いから。

「へんっ、そんな魂胆《こんたん》だろうと思った。だったら別れなんかしなくても良いだろう。いつでも会えるようになるんだからな」

そう言いながら、親方は鍛冶場へと行ってしまった。

俺の計画は誰にも話していない。ビーにも。

クレイは薄々気づいているかもしれないが、空飛ぶ島に転移門《ゲート》を設置して云々は確定している話ではないので、皆には黙ったままだ。ぬか喜びさせたくない。

ちなみにルカルゥが村に落っこちた日の二日後には計画していたことだ。

せっかくの空飛ぶ島だぞ？

行ったきりで二度と行けない、今回限りの限定です、次は数百年後にまたどうぞ、なんて言われたらどうしてくれる。

地上と完全に隔絶された島。独自の生態系が育《はぐく》まれているだろうし、島限定の素材が山ほどあるはずだ。

「そろそろ頃合いだな。ルカルゥ、ザバ、行くぞ」

クレイが宣言をすると、皆惜しみながらも二人から離れる。

すすり泣く声が聞こえるなか、ザバはルカルゥの襟巻になり、ルカルゥは泣きながら馬車に乗った。

俺は導きの羅針盤を鞄の中から取り出すと、裏面の石に魔力を注ぎ入れる。

プニさんの忠告には従う。俺以外の魔力に染めないよう、注意しながらゆっくりと。

一定の力で凝縮させた魔力を魔石に注ぐのは骨が折れる。魔力は薄くなっても濃くなってもいけない。一定量をゆっくりゆっくり。

クラルゾイドは魔力の浸透がとても良い気がする。ミスリル魔鉱石と良い勝負。

空飛ぶ島に無事に着いたら、そこらへんに落ちているだろうクラルゾイドを採取させてもらえるか交渉せねば。

真っ赤なクラルゾイドは灰色っぽいくすみがなくなり、次第に鮮やかな真紅《しんく》へと姿を変えていく。

「おお……」

俺が手にする羅針盤を間近で見ようと、ユグルたちが集まってきた。

赤い石に魔力が溜まると、石の周りを飾っていた金色の太陽の模様がきらきらと輝き始める。

文様が全て輝くと、羅針盤全体がぼんやりと赤い光を纏う。

表面の細かい小さな石は星のように輝いていた。

綺麗だなあ、なんて呑気に眺めていると。

――北北東

誰かが俺の耳元で囁いた。

「うえっ？」

「ピュエッ？」

リベルアリナの悪質な嫌がらせかなと振り向いてみれば、そこには羅針盤を近くで見たいユグル魔法研究隊。

「誰か囁いた。北北東って」

「ピュ？」

誰も何も言っていないよとビーが首を横に振るが、確かに誰かが囁いた。

男性とも女性とも言えない、不思議な声。

ビーにも聞こえないとなると、俺の魔力で染めた羅針盤が俺だけに囁くのだろうか。

囁くのはちょっと気持ち悪いな。もっと元気な声で言ってくれないかな。

――北北東を、目指せっ！

あれっ。

元気な子供の声になった。ちょっとコタロに声が似ている。

――北北東を目指すのだ！

今度は完全にコタロの声だ。

何これ面白い。俺が想像した人の声を真似て方角を教えてくれるのか。

「声はお前にだけ囁きます」

馬車の輓具《ばんぐ》を身体に着けながらプニさんが言う。

「お前の望みを叶えるため、声は導くでしょう」

「この声に従っていけば、空飛ぶ島に行けるの？」

プニさんは頷くと、天馬へと変化した。

「さ、元気な顔を見せておくれ。おぬしの笑顔は皆に力を与える」

馬車の窓から顔を出したルカルゥとザバは、ネフェルに頭を撫でられながら懸命に笑顔を作ろうとする。

プニさんが馬車に繋がれると、いよいよルカルゥとザバの旅立ちだ。

「皆さま、みなさまっ！　お元気で！　いついつまでも、ご健康で！　とっ、トルミの、村に、永久の幸あれ！　でございますこと！」

「……！　～～っ！」

クレイが御者台に乗ると、プニさんが嘶《いなな》き一つ空にふわりと舞い上がる。

俺は身体全部を使って手を振る二人を支えつつ、笑顔でサムズアップをしている親方にこっそり頷いてみせた。

「ルカルゥ！　ザバ！　元気でいるんだぞ！」

「お達者《たっしゃ》で！　皆さまお達者で！」

「ばいばーい！」

「わたくしたちはぁっ！　いつまでもぉっ！　忘れませんことでございます〜〜！」

二人は空高く馬車が飛んでも、村が遠く彼方《かなた》へと見えなくなっても、ずっと窓にへばりついて外を眺め続けていた。

19　神の子

——西を目指すのだぞっ！

元気なコタロの声が方角を教えてくれる。

「プニさん、西に向かってくれるかな」

羅針盤の声が聞こえるのは俺だけなので、向かうべき方角が変わるたびにプニさんへと報告した。

空の上では目印となるものがない。

プニさんは古代馬だからか本能なのかはわからないが、方角がわかるようだ。

今は大海原《おおうなばら》の上を飛んでいるのか、はるか下の地上では白い波しぶきが見える。時々黒い巨大な何かが泳いでいた。あれはモンスターなのかクジラなのか。

プニさんはご機嫌で馬車を引く。時々スッスにスルメイカの干物を食べさせてもらいながら、軽快に飛び続けてくれた。プニさんに飽きがこないよう醤油おかきとキノコグミ、ごぼうの天ぷらも用意済み。

窓から離れなかったルカルゥとザバは、気がついたら窓に寄りかかったまま眠っていた。相当泣き疲れていたのだろう。翌日は昼を過ぎたあたりでようやく起きだしてくれた。

下手に慰めるより美味い飯を食わせろ。

トルミ村門番長のマーロウが出立前の俺に言ってくれた。

どんなに悲しかろうと腹は必ず減る。美味い飯を食わせて、気を紛らわすような遊びに付き合ってやればそのうち寝る。それでも泣き続けるならきちんと話を聞いてやれ。

三男二女の父親であるマーロウは、子供との付き合い方を熟知している。

ルカルゥは我儘《わがまま》を言っているわけではない。自分の置かれた状況を理解したうえで、トルミ村を離れるのが悲しいと泣いていたのだ。

「ルカルゥ、美味しいですこと。この、食感がなんともかんとも」

まだ元気になったとは言い難《がた》いが、ルカルゥとザバは昼食を食べてくれた。

玉ねぎドレッシングの夏野菜サラダ。

カニとトマトのクリームペンネグラタン風。

コーンスープ。

ごぼうの漬物。

大蜜柑《みかん》のしゃりしゃりシャーベット。

スッスにグラタンとコーンスープの作り方を教えつつ、クレイとブロライトには各種果物の皮を剥いてもらう。

皮を剥いた果実をまるごと潰し、そのまま凍らせるだけの簡単シャーベットなのだが、ルカルゥはとても気に入ってくれた。ごぼうの漬物はザバの好物。


空の旅を始めてから二日も経つとルカルゥは笑うようになった。

まだまだ無理をしているのはわかるが、ご飯は三食残さず食べられるし、御者台に乗ってブロライトのエルフ昔話を聞き、クレイの尻尾に乗って遊び、トランプで遊び、積み木で遊び、ビーと風呂に入って長時間星空を楽しみ、俺とスッスとルカルゥで料理をしたりと、馬車の生活を楽しんでくれていた。

馬車の改造に関わってくれた全ての人に感謝だな。

食堂にはコタロとモモタとジンタの背の高さに傷がつけられた柱がある。よくよく探してみれば、アーさんのだったりベルクのだったり、ネフェルやイエラの背の高さの傷が見つかった。

暇つぶしに探せるよう柱に傷をつけてくれたのだろう。傷の隣に大陸共通語で書かれた名前を指でなぞり、ルカルゥは嬉しそうに笑っていた。

馬車を襲ってきた野良飛竜を討伐したり、ウラノスファルコン亜種を返り討ちにしたり、馬車の出窓部分で逗留《とうりゅう》中のシロクロエナガの世話をしたりと、なんやかんやと空の旅を満喫していた。

＋＋＋＋＋

そして馬車での旅を続けてから四日目。

――少しだけ北に向かうのだ！

「プニさん、少しだけ北にお願いします」

羅針盤が教えてくれる方角は数刻ごとに変わる。

相変わらず穏やかな青空を進む馬車で、俺は前世の飛行機を思い出していた。

飛行機では小さな窓から下を眺めるだけだったが、今俺が座っている御者台は三百六十度見渡せる大パノラマだ。

「ふーんふふーんふふーんふふーん」

「ピューピュピーピピーピュピー」

俺が鼻歌を歌うと、ビーが真似して同じ旋律を歌う。

ゆるやかに浴びる風は暑くも寒くもなく、太陽の光も激しく眩いほどではない。

全て馬車にかけられている魔法の効果。凄いな。

以前は御者台に乗っていると太陽の光が眩しかったのだが、今は気にならない。

羅針盤は落とさないよう御者台に固定されている。取り外しは簡単。

太陽が昇っている間だけ機能するのか、太陽が昇っていないと方角がわからないのか、さて寝ましょうね、おはようございますの間は方角を教えてくれないのだ。空気を読んでくれる羅針盤君です。

そのため夜は馬車が風で流されないよう魔法で空中固定し、幻影魔法で周りからは馬車が見つからないように隠す。プニさんも馬車備え付けの馬房で休んでもらえた。

空飛ぶ島はそんなに素早く動き回っているのかなと思ったが、島を発見されないよう、地図などに記されないよう、魔法か何かで防衛しているのかもしれない。

――ちょっとだけ南に行くのだ！

「プニさん、ちょっとだけ南にお願い」

――気配が　変わる
「気配？」

次に進む方角を教えると、プニさんが足を止めた。

「ピュイッ？」

急な停車に慌てて御者台の手すりに掴まる。

――ここより　有翼人の支配圏
馬車が止まったことに異変を感じたクレイが、御者台の後ろに設置されている窓から顔を出した。

ブロライトは馬車の上から身を乗り出し、するりと御者台に降りてくる。

「どうして止まったんすか？」

何かの料理を作っていたのか、スッスはエプロンをしたまま、ルカルゥはおたまを持ったまま窓から顔を出す。ザバは襟巻中。

「ここから先は有翼人の支配圏だって」

空の色が変わったわけではない。

特有の魔力を感じたわけではない。

何の変哲もない、青い空が果てしなく続くだけ。

空飛ぶ島は積乱雲に包まれているものだと思い込んでいたが、雲は見えない。見渡す限りの青。

「前触れもなく攻撃などはされぬとは思うが……各々警戒を怠るな」

クレイの言葉に全員が頷き、それぞれ配置に就く。

ビーは俺の頭に着地。

クレイとブロライトは馬車の上部へ。

スッスは気配を消してどこかで警戒。

俺は鞄からユグドラシルの枝を取り出し、いつでも杖へと変化できる態勢。

ルカルゥとザバは窓から御者台に乗り移り、俺のローブの下へと隠れてしまった。

故郷に戻ってきたというのに、なぜ隠れるのだろう。

――ひひーん！


プニさんが高らかに嘶くと、眼前の景色が一気に変わった。

真っ青な空に数えきれないほどの翼。

色とりどりの翼が力強く羽ばたいていた。

「これは……」

ブロライトが呟くと、翼を持つ者たち――有翼人が一斉に武器を構えた。

馬車を取り囲む数百人の戦士たちは、その場で羽ばたき空中停止しながら戦闘態勢に入っている。

俺は、有翼人は皆ルカルゥのように白い翼を持っているのだと思い込んでいた。

しかし、馬車を取り囲んで警戒を露わにしている有翼人たちの翼は、皆極彩色《ごくさいしょく》。

赤、黄、緑、青、黒、灰、数えきれないほどの色だ。

それも、一人が赤色の翼を持っているのではなく、赤、黄、緑といった多色の翼なのだ。

「なんとも美しい光景だな」

クレイの言葉に頷く。

まるでケツァールやオウムを連想させる翼の色。光沢もある。

鳥っぽい顔の人もいる！　嘴《くちばし》でっかい！

「はわわわ……」

スッスが御者台の後ろの窓から顔を出し、大口を開けて驚いていた。

「ピュピュ」

俺も開いた口が塞がらない。ビーに指を突っ込まれそうになる前に慌てて口を閉じる。

導きの羅針盤に導かれ、俺たちは空飛ぶ島へとたどり着いた。

ルカルゥとザバを故郷に帰してあげるために。

本来なら手紙を先に出し、そちらに行きますよというお知らせを出したかったのだが、空を飛ぶ島にそんなことはできない。

警戒されることは予想していたが、ここまで厳戒態勢だとは。

極大魔法を連続で受けない限り馬車は壊れないが、プニさんがキレたら有翼人たちがどうなるかわからない。アフロになって海に落下したらどうしよう。

「タケル、拡声魔法を」

クレイに促され、俺は無詠唱で魔法を展開。クレイに手で合図を送る。

「我らは東の大地、グラン・リオより参った！　リステイマーヤの子孫、マティアシュのエステヴァン家より導きの羅針盤を借り受けし者である！」

魔法で拡散されたクレイの声は警戒する有翼人たちを驚かせた。

「我らに敵意は皆無！　我らの地に落ちた其方《そなた》らの家族、白き翼のルカルゥ、そして聖獣ポルフォリンク・ザヴァルトリを連れておる！」

俺はローブを少しだけめくると、馬車の一番近くで警戒していた有翼人にルカルゥたちの姿が見えるようにした。

ルカルゥは更に隠れてしまったのだが、ザバがにゅるりと顔を出し、小さく手を振った。

猛禽類《もうきんるい》のような顔をした有翼人が馬車へと近づくと、プニさんが警戒し中空で蹄《ひづめ》をかいた。

鮮やかな黄と青の翼を持った猛禽類顔の有翼人は、手にしていたククリ刀のような剣を腰の鞘へと納めた。

『地《ち》の子を見るのは数百年ぶりのことよ。まさか空を行く術を身に付けるとは』

おおっと。

有翼人独自の言語だ。

しかも、見た目ではわからないが若い男性の声。きっと青年。わからないけど。

空の孤島で独自の進化を遂げた種族だ。オグル族のように、マデウス共通言語を使わない種族なのだろう。

クレイとブロライトとスッスが一斉に俺の傍へ寄る。

はいはい、通訳通訳。

「地《ち》の子を見るのは久しぶりだって。数百年ぶり」

空を行く術を持っているのは俺たちだけなのだが、それはあとで説明させてもらうとして。

俺は右手を心臓の上に置き、頭を下げた。アルツェリオ王国ではこれが正式な挨拶。

『こんにちは、俺の名前はタケル。素材採取家です』

「ピュピーィ」

有翼人の言語で喋ろうと意識すると、俺が話す言葉は有翼人の言語となる。

俺が丁寧に挨拶をすると、有翼人の鋭い金の目が大きく見開かれた。

『我らの言葉を流暢《りゅうちょう》に操る地《ち》の子がいるとは思わなかった。貴公、リステイマーヤの子孫であるか』

『いいえ違います。俺たちは冒険者チーム、蒼黒の団』

『冒険者……悪《あ》しき怪物を討つ勇《いさ》ましき者たちか』

『悪しき怪物がモンスターのことならば、きっとそうです。皆、勇ましき者たちです』

「ピュイ」

『この子はビー』

『これは……飛竜の子か？』

「ピューイーッ！」

『あっ、ビーやめなさい。落ち着いて。ビーは小さくてもドラゴンなんです。飛竜じゃなくて、似ているけど、飛竜より可愛いです』

「ピュイ!!」

胸を張ったビーを間近《まぢか》で見分《けんぶん》する猛禽類顔の有翼人。

顔は隼《はやぶさ》や鷹《たか》に似ているんだけど、それ以外は鳥獣人のようだ。

人のような褐色《かっしょく》の肌、オグル族のような分厚《ぶあつ》く鋭い爪、尾てい骨《びこつ》らへんから長い尾羽が生えている。下半身はダチョウのような足。羽と尾羽はものすごいカラフル。

有翼人独自の民族衣装もカラフルで、羽根や何かの石のような装飾品を纏っている。あの石はクラルゾイドだろうか。派手っちゃ派手。

『翼ある者は我らが友。失礼を許してくだされ』

「ピュ」

『我はアラランドの息子、エイルアのファドラナーガ』

俺のローブの下で隠れていたルカルゥの身体がピクリと反応した。

ファドラナーガは深々と頭を下げ、俺のローブの下の膨らみを見つめる。

『地の子冒険者タケル。我らが神の子、ルジェラディ・マスフトスのルカルラーテ・ルゥクをよくぞ戻してくだされた』

『神の子？　神様の子供？　ルカルゥが？』

ローブの下から出てこないルカルゥ。ザバはルカルゥの襟巻になったまま、沈黙を続けている。

ルカルゥは俺のシャツを握りしめ、顔を俺の背に押し付けていた。

ファドラナーガが何を言っているのかわからないが、彼の恭《うやうや》しい態度を見るとルカルゥが特別

な子供として扱われているのがわかる。
神様の子供？
ルカルゥが？
俺の背に隠れている子供が？

——果てなる日の国　明星《あけほし》を司《つかさど》る　空の番人

「プニさん？」

——古《いにしえ》の誓約に縛られた　愚かな翼

——わたくしは　あのものが　なによりも　嫌いです

酷く機嫌が悪く、忌々しそうに、憎悪《ぞうお》さえ見えるプニさんの言葉。
いつも無表情で感情をあまり表に出さないプニさんが、心底嫌う相手。
古代馬に嫌われる相手って、どういうこと？　有翼人の神様なの？
しかも、ルカルゥはその神様の子供？

「ピュイ？」

「ちょっと頭が痛い……」

せっかく有翼人に会えたというのに、めでたしめでたしとはならないのか。

空飛ぶ島を見つけるため難題を突破してきた俺たちに、新たなる試練が与えられるような予感。

オイコラ青年、これは俺に対する何かの当てつけか？　次から次へと問題を振りかけてくるんじゃない。

さて、どうするよ。

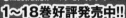

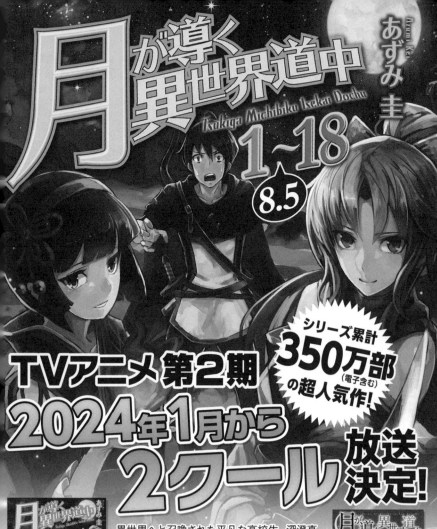

転生しても実家を追い出されたので、今度は自分の意志で生きていきます

tensei shitemo jikka wo oidasaretanode kondo ha jibun no ishi de ikite ikimasu

Nagomi Fuji

著 藤 なごみ

今世でも捨てられましたが、新しい家族と元気いっぱい暮らします！

また追い出されたちびっ子の、人生やり直しファンタジー！

バイト帰りに電車に轢かれて、命を落とした——はずが、目覚めると見知らぬお屋敷にいた！　どうやらここは異世界で、赤ちゃん・アレクとして転生したらしい。前世では実の母に捨てられ苦労した分、今度は自由に生きたい。そう考えたアレクだが、今世でもまた捨てられる運命だと知る。そこで可愛い妹分のリズと魔法を特訓し、来るべき日に備えることに！　やがて四歳を迎えたアレクは、リズと共についに森に捨てられてしまった。だけど極めた魔法で冒険者を始めたり、魔物の大群から町を救ったりと、ちびっ子二人は大活躍で……!?

●定価：1320円（10%税込）　●ISBN 978-4-434-32650-9

illustration:呱々唄七つ

若き天才技術士《エンジニア》、クリス・オロックリンは、卓越したセンスで仲間の武器を修理してきたが、無能のそしりを受けて殺されかけてしまう。諍いの中でダンジョンの深部へと落下した彼が出会ったのは――少女の姿をした兵器だった！　壊れていた彼女をクリスが修理すると、意識を取り戻してこう言った。「命令して、クリス。今のあたしは、あんたの武器なんだから」　カムナと名乗る機械少女と共に、クリスの本当の冒険が幕を開ける――！

●定価：1320円（10％税込）　●ISBN：978-4-434-32649-3　●Illustration：妖怪名取

この作品に対する皆様のご意見・ご感想をお待ちしております。

おハガキ・お手紙は以下の宛先にお送りください。

【宛先】

〒150-6008 東京都渋谷区恵比寿 4-20-3 恵比寿ｶﾞｰﾃﾞﾝﾌﾟﾚｲｽﾀﾜｰ 8F
（株）アルファポリス　書籍感想係

メールフォームでのご意見・ご感想は右のＱＲコードから、
あるいは以下のワードで検索をかけてください。

アルファポリス　書籍の感想　検索

ご感想はこちらから

本書は Web サイト「アルファポリス」（https://www.alphapolis.co.jp/）に投稿されたものを、改稿、加筆のうえ、書籍化したものです。

素材採取家《そざいさいしゅか》の異世界旅行記《いせかいりょこうき》 14

木乃子増緒（きのこますお）

2023年 9月30日初版発行

編集－芦田尚
編集長－太田鉄平
発行者－梶本雄介
発行所－株式会社アルファポリス
〒150-6008 東京都渋谷区恵比寿4-20-3 恵比寿ｶﾞｰﾃﾞﾝﾌﾟﾚｲｽﾀﾜｰ8F
TEL 03-6277-1601（営業） 03-6277-1602（編集）
URL https://www.alphapolis.co.jp/
発売元－株式会社星雲社（共同出版社・流通責任出版社）
〒112-0005 東京都文京区水道1-3-30
TEL 03-3868-3275
装丁・本文イラスト－黒井ススム
装丁デザイン－AFTERGLOW
印刷－中央精版印刷株式会社

価格はカバーに表示されてあります。

落丁乱丁の場合はアルファポリスまでご連絡ください。

送料は小社負担でお取り替えします。


ISBN978-4-434-32658-5 C0093